JN242467

恋がさね平安絵巻

誰ぞ手にする桃染めの花

九江　桜

21024

角川ビーンズ文庫

もくじ

恋がさね平安絵巻
誰ぞ手にする桃染めの花
東宮《とうぐう》
表向きは穏やかな微笑みを浮かべる完璧な貴人。夏花に対してのみ、なぜか冷たく突き放す。
登場人物紹介
夏花《なつはな》
東宮妃候補となった橘家の娘。幼い頃、北山では「長姫《おさひめ》」と呼ばれていた。将来を誓い合った東宮に会いに来たはずが……。

沢辺《さわべ》

乳母子として共に育った夏花の侍女。

門原与志為《かどわらのよしなり》

夏花の護衛を務める武士。

流《ながれ》

内裏に出入りしているらしき謎の文使い。

泣君（摂津）《なきみ（せっつ）》

東宮妃候補の一人。豪族となった源氏の娘。

藤大納言《とうのだいなごん》

東宮妃候補の一人。大納言の娘で生粋の貴族。

鳴弦君（城介）《つるうちのきみ（じょうすけ）》

東宮妃候補の一人。武家となった平氏の娘。

本文イラスト／吉崎ヤスミ

一章　恋をした鬼

京郊外《こうがい》。

湧水《ゆうすい》のある山の中、山林の色を変えるほどの桃《もも》が咲《さ》き誇《ほこ》る桃園《ももぞの》がある。

藤原氏《ふじわらし》が贅《ぜい》を凝《こ》らして建てた別荘《べっそう》は、京の貴族屋敷《やしき》の趣《おもむ》きを保ちながら、山の形に沿《そ》って複雑に広がる棟《むね》を、回廊《かいろう》が繋《つな》いでいた。

そんな別荘の山際《やまぎわ》に広がる桃園では、夢現《ゆめうつつ》を顕現《けんげん》せしめたような宴《うたげ》が催《もよお》されている。

「お誘《さそ》いいただき、感謝の念に堪《た》えません。これほどに素晴《すば》らしい桃園、見たことがない」

微笑《ほほえ》む東宮《とうぐう》は、眩《まぶ》しいほどに白い袍《ほう》に、白い文様が織り込まれた紫《むらさき》の指貫《さしぬき》を纏《まと》っている。上品な装《よそお》いが似つかわしい、理知的な容貌《ようぼう》をしていた。

「ええ。是非《ぜひ》お越《こ》しいただきたいと何年も思っておりました。今年は早くに花が開き、こうして最も美しい時を東宮さまにお見せできて、わたくしも喜ばしい限り」

感慨《かんがい》深げな声を発したのは、色白で細面《ほそおもて》の麗人《れいじん》。東宮の生母であり、紫女御《むらさきのにょうご》と呼ばれる女性。

笑《え》みに細められた目元に皺《しわ》など見つからず、何処《どこ》か若々しい艶《つや》やかさを持っていた。

紫女御が主催《しゅさい》したのは、幕で囲われた桃園で、山に吹《ふ》く風に舞《ま》い散る桃の花を楽しむ宴。湧水で作られた池には、竜《りゅう》を模した小舟《こぶね》が浮《う》かべられている。赤い毛氈《もうせん》の敷《し》かれた宴の席には、蝶《ちょう》や鳥に扮《ふん》した見目麗《みめうるわ》しい童子が侍《はべ》っており、非日常的な空間を演出していた。

そんな宴に招かれたのは、東宮と四人の東宮妃候補《とうぐうひこうほ》を合わせた五人のみ。

「東宮妃候補の方々も、前例のない名称《めいしょう》と地位に気疲《きづか》れをしているのではないかとお呼びしましたの。楽しんでいただけると嬉《うれ》しいわ」

笑みの尽《つ》きない紫女御の言葉に、夏花《なつはな》は東宮妃候補たちと揃《そろ》って感謝の言葉を口にした。

夏花が身に纏うのは薄紅《うすべに》の表に萌黄《もえぎ》の裏で作られた桃の袿《うちき》。下には濃《こ》く色を移す蘇芳《すおう》の五衣《いつつぎぬ》に青の単《ひとえ》を重ねている。匂《にお》い立つような華《はな》やかさと、深い色合いの落ち着きを醸《かも》す装いだ。

一年前、東宮の妃《きさき》となる者に今上《きんじょう》が条件をつけた。誰《だれ》も合致《がっち》する者はいないかに思えた条件だったが、夏花を始め四人の姫君《ひめぎみ》が条件を満たし、致《いた》し方なく東宮妃候補という形でこの春、内裏《だいり》に迎《むか》えられている。

いつの時代も、東宮妃となれる者はただ一人。

四人の中から東宮妃を選ぶため、東宮妃候補は己《おのれ》こそが東宮妃に相応《ふさわ》しいと証明し、選ばれなければならない。

東宮の生母である紫女御に誘われての宴は、東宮妃として認めてもらう好機にもなる。夏花以外の東宮妃候補は、紫女御と率先《そっせん》して話し、紫女御の侍女《じじょ》たちとも親交を深めていた。

「似てないな……」

東宮に目を向けた夏花は、思わず小さく呟《つぶや》いた。

その声は、舞台《ぶたい》で演奏する楽師たちの奏《かな》でる音楽に紛《まぎ》れて消える。とは言え、すぐ側《そば》に控《ひか》えた乳母子《めのとご》である沢辺《さわべ》にはしっかりと聞かれてしまっていた。

「姫さま……っ。口調が乱れてございます」

沢辺の苦言に、夏花は笑って誤魔化《ごまか》す。その袂《たもと》に桃の花弁が舞い落ちた。

袂の花弁を拾い上げた夏花は、今を盛りに花開く桃も、時と共に散っていく無常を思う。


——勿体《もったい》ない。


そう、思わずと言った様子で呟かれた言葉を思い出す。

口にしたのは、髪《かみ》をひと房《ふさ》切ることになった夏花に気づいた東宮。

続いて囁《ささや》かれた言葉さえも思い出し、夏花はすぐさま扇《おうぎ》を開いて顔を隠《かく》した。

「姫さま……？」

訝《いぶか》しむ沢辺の声に、夏花はなんでもないと、身振《みぶ》りで示すのみ。

今声を出しては、裏返ってしまいそうだった。

「髪のこと、髪のこと……」

口だけを動かして念じるように繰《く》り返す。

母譲《ゆず》りの艶やかな黒髪《くろかみ》は、夏花にとっても誇りだ。髪を惜《お》しまれただけであって、赤面する必要はない。

そう胸中で言い聞かせた夏花は、さらに余計なことを思い出した。

初めて言われた東宮からの褒《ほ》め言葉に、夏花は一瞬《いっしゅん》喜んだ己に今さらながら悔《くや》しさを覚える。

髪のみを惜しんで褒めた東宮は、さらに他人がそう評していたのにと、言ったのだ。

――若君も良く褒めていたのにな。

若君。

記憶《きおく》の中の幼い姿を思い描《えが》き、夏花は息を整えて扇を下にずらした。

変わらず微笑み合う東宮と紫女御が、何処か余所《よそ》よそしく感じるのは、互《たが》いに身分を慮《おもんぱか》った言葉遣《ことばづか》いのせいか。

夏花が、二人は本当の親子でないと、知っているからなのか。

今、東宮を名乗り微笑んでいるのは、今上と紫女御の間に生まれた若君ではない。若君に仕えていた山荘《さんそう》の童子なのだ。

夏花には若君と呼ぶ幼馴染《おさななじ》みがいた。東宮となるため旅立った若君との再会を望み、東宮妃候補となって京に赴《おもむ》いた夏花は、若君とは別の人間が東宮を名乗っていることを知る。初恋《はつこい》でもあった若君を捜《さが》して必死になる夏花に、山荘の童子だった東宮は、若君が四年前に京を目指した旅の途中《とちゅう》、暗殺されたことを告げたのだ。

考えられる暗殺理由は、若君が東宮となることを阻止《そし》するため。だからこそ今、東宮を詐称《さしょう》し、山荘の童子でしかなかった真太《しんた》は、自らが若君に成り代わって囮《おとり》となった。若君の仇《かたき》を討《う》とうと命を懸《か》けている。

容色に衰《おとろ》えの見えない紫女御は、東宮にはもちろん、若君にも似ていない。

顔形で東宮が若君ではないとばれることはないと思いながら、夏花は不安と同時に、何処か物悲しさも覚えた。

「あぁ、そうか……。こんな気持ちだったのかもしれない」

夏花は、余計なことに気を回す本心に気づいた。紫女御と話す東宮を、見ていられないのだ。

それは、やり場のない罪悪感。

秘密を墓まで持って行く心積もりだった東宮の胸に過《よぎ》った感情は、きっと今の夏花と同じだろう。

扇で表情を隠す夏花に、沢辺は不安げに囁いた。

「姫さま……どうか耐《た》えてくださいませ」

「わかってる。私が、足を引っ張るような真似《まね》は、しない……」

夏花は扇を握《にぎ》る手に力を込めた。

仮令《たとえ》紫女御であっても、東宮のことを勘《かん》づかれるわけにはいかない。真実を告げられない罪悪感と、若君の仇を見つけるから許してほしいという贖罪《しょくざい》を胸に、夏花は深く息を吸った。

不意に、東宮と紫女御のほうから風が吹き、二人の会話が明瞭《めいりょう》に聞こえる。

「ひと月前、内裏《だいり》で大変恐《おそ》ろしいことが起こりましたでしょう？」

紫女御が顔を曇《くも》らせると、それまで話していた東宮妃候補やその侍女たちが口を閉じた。

どうやら、それぞれが東宮と紫女御の会話にそれとなく意識を向けていたようだ。

「内裏に妖《あやかし》が現れるなど。あぁ、何故《なぜ》そのようなことが起きたのか。しかも、麗景殿《れいけいでん》が焼け落ちるほどの火難が起こるとは」

まさか内裏で命の危険にさらされるとは思っていなかった東宮妃候補たちは、妖騒動《そうどう》の話に敏感《びんかん》になっているのかもしれない。

恐ろしいと言わんばかりに俯《うつむ》き口元を覆《おお》う紫女御に、東宮は何か言おうとしてやめた。

夏花が些細《ささい》な東宮の動きに意識を向ける間に、紫女御は笑みを取り戻《もど》す。

「昔から、桃には祓邪《ふつじゃ》の霊力《れいりょく》が宿ると聞きます。この素晴らしい桃を観賞することで、桃の霊力を借り、皆《みな》の祓邪になればと思うのですけれど」

「そうでしたか。お心遣《こころづか》い、感謝いたします」

笑みで応じる東宮に、自然、東宮妃候補《とうぐうひ》の間では目を見交《みか》わす。

妖騒動で夏花たちは妖に襲《おそ》われた。囲まれ身動きを封《ふう》じられていたので、東宮暗殺という本当の狙《ねら》いがあった事実を知るのは、東宮の下《もと》に行き、妖騒動の全貌《ぜんぼう》を見た夏花だけ。とは言え、状況《じょうきょう》の異様さ、妖と呼ばれる者たちの動き、その後の対処の曖昧《あいまい》さが、元から鈍《にぶ》くない東宮妃候補たちには裏があるのではないかという疑念を抱《いだ》かせている。実際、妖に扮して侵入《しんにゅう》し、放火を行って逃《に》げたのは武装した賊《ぞく》だった。

妖と戦った東宮妃候補に至っては、妖と呼ばれる者が人間であることに気づいていた。だというのに、紫女御は祓邪を兼《か》ねてと、妖を妖として口にしたのだ。

夏花は東宮妃候補から無言の圧力をかけられる。

夏花が、妖騒動の黒幕を追う東宮から進捗《しんちょく》を聞き出そうとするのと同時に、夏花自身、東宮妃候補たちに事件の真相を教えろと迫《せま》られ、なんとか今まで濁《にご》してきたのだ。

頬《ほお》が引き攣《つ》らないよう力を込め直した夏花は、あえて東宮妃候補たちの視線を正面から受けて微笑《ほほえ》んだ。

「東宮さまだけのためにこのような華々《はなばな》しい席をご用意なさるなんて……。紫女御さまはなんと慈愛《じあい》に満ちたお方でございましょう」

話を逸《そ》らす目的もあるが、夏花にはこの桃園《ももぞの》の宴《うたげ》が、東宮を慮って用意されたように思え、心から紫女御を賞賛する。

すると、調子のいい泣君《なきみ》が一番に乗って来た。

「えぇ、そのとおりね、夏花君。このような宴に招かれたこの身の誉《ほま》れを喜ばしく思いますわ」

夏花と会話している態《てい》で、紫女御に聞こえるようはっきり喋《しゃべ》る泣君。今上《きんじょう》の宴で泣き真似をしたため泣君と呼び名がつき、愛らしい見た目よりもずっと気が強く、口も達者な姫君《ひめぎみ》だ。纏《まと》うのは桃《もも》の袿《うちき》に紅《くれない》から白へと移ろう薄様《うすよう》。春めかしい装《よそお》いが良く似合う。

藤大納言《とうのだいなごん》は、眉《まゆ》を顰《ひそ》めつつも頷《うなず》いた。桃の袿に、濃《こ》きから薄《うす》きへと移ろう五衣《いつつぎぬ》を重ね、紅梅の単《ひとえ》を纏う。どんな表情でも、あでやかな装いに負けない容貌《ようぼう》を持っていた。

「この晴れ渡《わた》る空をご覧なさいまし。まるで、この日のために天神が誂《あつら》えたよう。紫女御さまの心延《こころば》えを祝福なさってのことでございましょう」

気になって夏花が目を向けると、鳴弦君《つるうちのきみ》が目を見開いて考え込んでいる。

京の外で育った質実な人物で、出会った頃《ころ》は城介《じょうすけ》と呼ばれていた姫君だ。妖騒動の折には、弓弦《ゆづる》を響《ひび》かせ妖を撃退《げきたい》したことから、鳴弦君と呼ばれるほど武芸を嗜《たしな》んでいる。東宮妃候補揃《そろ》いの桃の袿を纏《まと》い、五衣は萌黄《もえぎ》が濃く移ろい、単は紅。凛《りん》と美しい鳴弦君を爽《さわ》やかに彩《いろど》る装いだったが、なかなか口を開けないでいた。

「……言葉も、ないほどに…………、私は今、感動しています」

絞《しぼ》り出すようにそう言った鳴弦君は、袖《そで》で顔を隠《かく》し目元を拭《ぬぐ》う。

本当に泣いている気配を感じるが、もしかしたら宴に対する感動ではなく、上手《うま》い言葉が見つからなかった悔しさのせいかもしれない。

鳴弦君の様子を見て、勝ち誇《ほこ》ったように笑う泣君。さらに巧言令色《こうげんれいしょく》を弄《ろう》そうと、東宮と紫女御に首を巡《めぐ》らせた途端《とたん》、肩《かた》を跳《は》ね上げた。

夏花も泣君の視線を追うと、赤い花弁が揺《ゆ》れる。

「赤い……桃？」

薄紅《うすべに》の桃が並ぶ中、ちょうど東宮と紫女御がいる座の向こうに、赤い花を持った桃の木が見えた。盗《ぬす》み見ていた時には気づかなかったが、その赤さは蘇芳《すおう》に近い深みがある。

「なんで……注連縄《しめなわ》なん？」

泣君の微《かす》かな呟《つぶや》きに目を移せば、確かに赤い桃の木の周囲には、注連縄が張られ、禁足を表す結界が張られていた。

夏花と泣君の様子に、藤大納言も鳴弦君も気づく。

「桃にもあれほど赤い花が咲《さ》くのか……」

素直《すなお》に驚嘆《きょうたん》を口にした鳴弦君とは対照的に、藤大納言は顔を険しくした。

「あれは……、まさか…………」

不穏《ふおん》な藤大納言の呟きに、怖《こわ》がりの泣君は顔色を変える。

「な、何か……謂《いわ》れが、ありまして？」

怖がりながら、聞かなければ落ち着かないと言うように問う。けれど藤大納言は言いづらそうに視線を外すだけ。

赤い桃の木を見直した夏花は、その木が崖《がけ》の縁《ふち》に立っていることに気づいた。東宮たちの陰《かげ》で見えにくいが、桃の木の向こうに他《ほか》の木々はなく、青い空を背景に他の桃とも距離《きょり》を置いてぽつりと立っているのだ。

「姫さま、姫さま……っ。見すぎです」

沢辺に囁《ささや》かれ、夏花は東宮と紫女御がこちらを見ていることに遅《おく》ればせながら気づく。

人数の限られた宴とは言え、男女が直接顔を合わせるのは好ましくない。だからと言って視界を遮《さえぎ》るようなことをしては、花見の宴に相応《ふさわ》しくもなかった。

そのため、東宮妃候補は東宮に用意された座の斜向《はすむ》かいに坐《すわ》っている。紫女御は偽《いつわ》りとは言え親子なので、屏風《びょうぶ》と几帳《きちょう》で囲った同じ座の中にいた。

異性のいる座を、さらにはどちらも目上の存在を、凝視《ぎょうし》するほど無作法なことはない。

「あ……、あちらの桃が、あまりにも、珍《めずら》しく…………ほほ、ほ」

扇《おうぎ》を広げて今さらながらに顔を隠し、夏花は笑って誤魔化《ごまか》す。

東宮は作り笑いを崩《くず》さず桃を見るが、赤い桃の花には目を瞠《みは》った。

「赤い……まるで――」

「まるで、血のようでございましょう?」

東宮の言葉尻《ことばじり》を奪《うば》うように、紫女御が笑った。

言葉選びの不穏さに、泣君は固く手を握り合わせる。

「な、何か……謂れが、おありでしょうか？」

怯《おび》えを見せながらも、結局同じ問いを繰《く》り返す泣君に、紫女御は変わらない笑顔《えがお》を返した。

「えぇ。この桃は、鬼《おに》が憑《つ》いた桃なのだと言われておりますのよ」

「鬼……っ、でございますか？」

思わぬ言葉に鳴弦君が身を乗り出す。

「えぇ。少々悲しいお話でございますの」

焦《じ》らすように言葉を切る紫女御。

夏花は謂れを知る様子のあった藤大納言を盗み見る。

紫女御の話を聞く姿勢は取っているものの、その目には怪訝《けげん》な色が浮《う》かんでいた。

「その昔、この周辺には人を食《く》らう血に飢《う》えた鬼がいたそうなのです。その鬼は、周辺を荒《あ》らし回り、この地へ至り、それまでと同じように人を食らおうと山の麓《ふもと》を通りました」

母親が、子に寝物語《ねものがたり》を聞かせるような柔《やわ》らかな声音《こわね》で紡《つむ》がれる昔話。

夏花は、紫女御という高位の女性を初めて身近に感じた。

「けれど鬼は、ふと見上げた山中に花開く美しい桃に目を奪われたのです。その花は鬼が好む血のように赤く、それでいて香《かお》りは芳《かぐわ》しく。鬼は、初めて美しいと感じたその桃に、恋《こい》をしたのだと言われております」

泣君は肩から力を抜《ぬ》いて、息を吐《つ》いた。

「鬼が、恋を……。そのような謂れのある、桃なのですね」

話は終わったと思ったのだろう泣君だが、夏花は何処《どこ》が悲しい話なのかと紫女御の言葉の続きを待った。

「先ほども言ったとおり、桃には祓邪《ふつじゃ》の霊力《れいりょく》が宿るもの。鬼は恋しい花に触《ふ》れることも叶《かな》わず、ただ木の側《そば》に寄って見つめるしかありませんでした。そうして座り込む間に桃の花は散りゆくばかり。春がすぎ、花が終わっても、鬼は来たる春を待って桃の下を動かなかったのだとか」

変わらない笑みを浮かべ続けているように見えた紫女御が、桃の花に目を向けたほんの束《つか》の間、笑みの奥の瞳《ひとみ》が冷めているように見えた。

「そうして、次の年の春が来る頃に、鬼は、飢えて死んでしまったと言われております」

「なるほど。悲しい結末ですね」

東宮は憂《うれ》うような顔を作って相槌《あいづち》を打つ。

すると、紫女御は白粉《おしろい》を塗《ぬ》った頬に、同じくらい白い手を添《そ》えて嘆息《たんそく》した。

「ええ。哀《あわ》れな死を経たためか、鬼は今もなおあの桃の木に取り憑《つ》いていると言うのです」

泣君とその侍女《じじょ》たちが、揃《そろ》って震《ふる》え始める。

「桃の木に近づく者は鬼を見、枝を取れば死んだ鬼の怨念《おんねん》に取り殺されるとか。その桃への執《しゅう》着《ちゃく》から、鬼は桃恋鬼《とうれんき》と呼ばれるようになっているのです」

紫女御は変わらず笑う。声音も、子に聞かせるような優《やさ》しさで。

誰《だれ》もが今耳にした桃恋鬼の謂れに、赤い桃の花を見るが、夏花は美しくも作り物めいた紫女御の横顔を見つめていた。

祓邪の霊力で妖《あやかし》騒動《そうどう》の穢《けが》れを祓《はら》うように。

そう言った同じ口で、鬼の憑いた呪《のろ》われた桃を語る。

「どうして……？」

紫女御の真意がわからず、夏花は一人首を傾《かし》げた。

「泣君、お加減が悪いのでは？」

鳴弦君の声に泣君を見ると、涙《なみだ》を目に溜《た》めて怖がっている。

「まぁ、怖がらせてしまったかしら？」

小刻みに震えてさえいる泣君に、紫女御も困り顔だ。

泣君の侍女も互《たが》いに手を取り合って、恐々《こわごわ》と桃恋鬼の桃を見ている。

そんな様子に藤大納言が口を開いた。

「ご安心なさいまし。あの注連縄は結界。中に入らなければ、鬼は悪さをしないと聞いております。見るだけなら美しい、他と変わらぬ桃ではありませんの」

呆《あき》れたように言いながらも、怯える泣君に他の桃と違《ちが》いがあるかと言い聞かせる。

夏花もこのままでは宴《うたげ》を楽しむこともできない泣君を心配し、気を逸《そ》らそうと声をかけた。

「鬼も見惚《みと》れる桃の美しさ。歌にできれば、さぞ情趣《じょうしゅ》を感じさせるものになりましょう」

夏花の言葉に反応したのは泣君だけではなかった。藤大納言《とうのだいなごん》も鳴弦君も、すぐさま侍女に筆を用意させる。

折に触れて心情を歌に表すのは、貴族の嗜《たしな》み。良い歌を当意即妙《とういそくみょう》に作り出せるなら、東宮妃《とうぐうひ》に一歩近づくかもしれない。

言い出したからには、と夏花も思いつくままに扇へと筆を走らせた。

すると沢辺が近くに控《ひか》えた別荘《べっそう》の侍従《じじゅう》に命じて、桃《もも》の枝を取らせる。書き終えた夏花は、桃の枝を扇に添えると、胡蝶《こちょう》に扮《ふん》した童子を招き寄せ、東宮と紫女御の座へ運ぶよう命じた。

「次百《つぐもも》と――」

扇を受け取り、東宮が夏花の和歌を読み上げる。

次百は九十九《つくも》。百に届かないと歌うと同時に、鬼が桃に手が届かないさまを、言葉遊びで詠《うた》った。

桃の美しさを表現できていないので、できはいまいち。それでも早さと言葉遊びを入れたことで、東宮と紫女御は面白《おもしろ》いと言ってくれた。

褒《ほ》め言葉を貰《もら》った夏花に触発《しょくはつ》され、泣君も桃恋鬼への怯えを忘れて桃を見つめ詩作に耽《ふけ》る。

沢辺から替《か》えの扇を受け取りつつ、夏花は同じく詩作を始めた東宮と紫女御を見た。

夏花の渡《わた》した扇を互いの間に置いて、言葉を交《か》わすさまに不自然さはない。同時に親子としての親しさもなく、笑み交わしながらも、何処かぎこちない印象を受けた。

夏花はそっと周りを見て、東宮たちの様子に疑問を覚えた者がいないことを確かめる。

赤子の時分に手元から離《はな》れたとは言え、紫女御は母親。何かの拍子《ひょうし》に東宮が自分の子ではないと気づく可能性がないとは言えない。

それでも東宮となって敵を見極《みきわ》めようとするなら、紫女御との関《かか》わりは避《さ》けて通れない。

東宮は、若君を守れなかった、死なせてしまったと後悔《こうかい》していた。そんな思いを抱《いだ》いたまま、紫女御に笑みを作るのはどれほど神経をすり減らし、良心の痛みに耐《た》えなければならないか。

何処か余所《よそ》よそしく感じる東宮と紫女御の距離は、東宮が胸に秘《ひ》めた、紫女御への後ろめたさのためかもしれないと、夏花は案じていた。


「いやぁ、今朝のはいったい誰のお車だろう？」

山の麓に作られた村で、人々は今朝通った牛車《ぎっしゃ》の列について話していた。

身の丈《たけ》を超《こ》す大きな車輪に歪《ゆが》みなどなく、凝《こ》った模様の描《えが》かれた車はまるで京に坐《ましま》す壮麗《そうれい》な御座《ぎょざ》がそのまま移動しているかのようだった。

「ほら、あの桃園《ももぞの》の別荘に、花見にいらしたんだよ」

「ということは、藤原の貴族さまか。どうりで人が増えたはずだ」

山の麓に作られた村の中を、牛車が五つ、車輪を軋《きし》ませ進むさまは壮厳《そうごん》だった。

牛車の周りには牛飼いや荷運び、随人と多くの供回りがおり、服装ごとに所属が違うのだが、美しくも珍《めずら》しい行列を物見する人々にはさして関心のないこと。

「はぁ……。なんとも綺麗《きれい》なお召《め》し物だったよ。あれはお姫《ひめ》さまがお乗りの車だったんだろうねぇ」

「次の車からも劣《おと》らぬ豪華《ごうか》な出《いだ》し衣《ぎぬ》が出ていたんだ。警備が厳しいのは、お姫さまばかりだからだろうさ」

立ち話をする人の中、笠《かさ》を目深《まぶか》に被《かぶ》った旅人が足を止める。旅のために大きな荷を背負い、俯《うつむ》きがちの顔は覗《のぞ》き込まなければ見えないほど。

話し込む者たちを確かめるように一度笠の縁《ふち》を上げた頬《ほお》には、目立つ刀傷が走っていた。

「よう、こんな所で会うとはな」

旅人に変装していた流《ながれ》は、突如《とつじょ》親しげに、それでいてすぐには逃《に》げ出せない強さで肩《かた》を摑《つか》まれ息を詰《つ》める。

ただの人違《ひとちが》いなら適当に誤魔化《ごまか》すこともできたが、背後からの声に、流は聞き覚えがあった。

「……それは、こちらの台詞《せりふ》です。門原《かどわら》どの」

肩越《ご》しに振《ふ》り返ると、門原は抜け目のない様子で口の端《はし》を上げる。

「夏花君の一の従者が、このような場所にいてよろしいのですか？」

「言ってくれるな。俺があの行列に参加できない身分だってわかって言ってるよな？　藤原の間諜《かんちょう》」

声を潜《ひそ》めてはいるものの、門原の発言は危《あや》うい。

余人に聞かれては具合が悪く、流は乗せられているとわかっていながら、門原と共に人気のない道の外れに移動するしかなかった。

「滅多《めった》なことを言わないでいただきたいのですが？」

「いやぁ、俺だって気にしてるんだぜ？　姫さまに仕える身ながら、お側《そば》近くに侍《はべ》ることのできる身分がないんだからな。……いや、本当何あれ？　警備が三重に敷《し》かれるとか、内裏《だいり》より厳しいだろ」

気にしていると言う割に、門原の目に後ろめたさや悔《くや》しさはない。本音は後半部分くらいのもので、こちらの反応を眺《なが》める余裕《よゆう》さえあった。

わざわざ藤原の、と呼び、夏花の近くに寄れない身の上を口にしてみせる門原の思惑《おもわく》に、流も察しはつく。

逃げ口上を口にしようとした流に先んじて、門原は口元だけで笑って言った。

「妖騒動の時にな、姫さま、相手の遺留品手に入れたんだよ」

「突然《とつぜん》、なんですか……？」

警戒《けいかい》の滲《にじ》む流の言葉に、門原は世間話でもするように続けた。

「いや、その遺留品は東宮さまに渡してちゃんと妖に扮した賊《ぞく》の身元調べるようにしたんだぜ？　けどな、東宮さまがまた無茶するといけねぇって、姫さまに調査の進捗《しんちょくかく》隠してんだよ」

「はぁ、左様ですか」

流は夏花の姿を思い描いて頷《うなず》く。

賊の囲いを越《こ》えて、迷わず東宮を助けに向かった姿を、流は間近に見た。戦《おのの》きながらも足を止めないその眼差《まなざ》しは強く、夏花と呼ばれる姫君の性情をよく表していたように思う。

「東宮さまのご判断に間違《まちが》いはないさ。うちの姫さまなら、じっとしていられないからな」

わかっているなら何故《なぜ》、そんな話を自分にするのか。流は門原の真意を考え、思いついてしまった。

「まさか…………」

「察しが良くて助かるぜ。お前ここにいるってことは、あそこの別荘にも行けるんだろ？　だったら、ついでに姫さまのこと頼《たの》むぜ。な？」

勝手なことを言う門原だが、両手で肩を握《にぎ》られ、流はその本気を知る。

刀を振るって硬《かた》くなった掌《てのひら》は服越《ご》しでも感じられた。その手が逃がさないと言わんばかりに両肩《りょうかた》を圧しているのだ。

「ひと月前の騒動じゃ、うちの姫さま髪《かみ》切ることになっちまってさ。藤原の姫は無傷だったのに、なぁ？」

流は妖《あやかし》騒動《そうどう》の起きた晩、出遅《でおく》れてしまった。主《あるじ》を守ろうと姿を捜《さが》したが、すでに夏花と門原に救われた後で。

門原が主を守る代わりに夏花を援護《えんご》しろと言ったので、東宮の下《もと》へ行く手伝いをした。

その後に賊が火を放ち、髪が焦《こ》げてしまったのは夏花の不運。

そう言い返せるほど、流は割り切れていなかった。

「…………申し訳、ありません」

絞《しぼ》り出す謝罪の言葉に、門原は顔を近づける。

「俺はそこの小屋借りて寝泊《ねと》まりしてるから。何、ちょっと姫さまの様子を聞かせに来てくれればいいさ」

もはや拒否《きょひ》は受け入れない構えで門原は言う。

本来なら、知ったことではないと拒絶《きょぜつ》すべきだ。そうとは思いながら、流も焦《じ》れた夏花がまた危険に足を踏《ふ》み込まないか心配になる。

姫君らしからぬ姫君。それは、命の恩人でもある主に通じる、心根《こころね》の清さを感じさせるものがあるから。

守れるなら、守りたい。

「思ってしまった時点で、私の……」

思わず漏《も》れた呟《つぶや》きに、流は嘆息《たんそく》する。

「わかりました。私の仕事の合間にではありますが、目配りをいたしましょう」

「おう、それでいいぜ。何かしそうな時には、ちょっと声かけて差し上げてくれ」

門原は軽く目配りの範囲《はんい》を超える要求を流に押しつけて、上機嫌《じょうきげん》に頷いた。


詩歌や楽舞《がくぶ》を味わい、宴《うたげ》は桃恋鬼の呪《のろ》いなど忘れて終わる。

「ほぅ……。ここで東宮《とうぐう》さまの舞《まい》を拝見できるとは。望外の喜びとはこのことでございましょうね」

「はぁ……。東宮さまから返歌をいただけるなんて。この笏《しゃく》は大事に仕舞《しま》っておくべきか、見える場所に飾《かざ》るべきか悩《なや》んでしまうわ」

「あぁ……。それにやはり、東宮さまのご生母であらせられる紫女御さまは、完璧《かんぺき》な女人《にょにん》なのだな」

すでに東宮と紫女御は退席した宴の席。

別荘《べっそう》で使う室《へや》への案内を待つため、東宮妃《ひ》候補とその侍女《じじょ》だけとなった気安さから、好きに宴の余韻《よいん》に浸《ひた》っていた。

そこへ案内がやって来て、全員一緒《いっしょ》に移動すると言う。

「ご覧のとおり、平地の屋敷《やしき》よりも複雑な造りですので、往復しておりますと長くお待ちいただくことになってしまいます」

そう断りを入れる案内に従って、夏花たち東宮妃候補は、列をなして山中の別荘を進んだ。

「まずは、藤大納言《とうのだいなごん》さま。こちらが小寝殿《こしんでん》と呼ばれる棟《むね》になります」

そう言って案内が示したのは、寝殿造りを模した東西に対屋《たいのや》を持つ建物。寝殿は五間と広くないが、対屋と庭が設《しつら》えられた造りは山の中にしては立派なものだった。

「次に、摂津《せっつ》の姫君。階段がございますので、お気をつけくださいませ」

藤大納言と別れて向かったのは、小寝殿を西から見下ろす小高い場所。回廊《かいろう》で結ばれてはいるが、途中《とちゅう》に山の形のためか階段が現れるので、独立した棟にも見える。

泣君とも別れて進むと、今度は東から小寝殿を見下ろす場所へと案内された。

「ここは一番見晴らしの良い棟となっておりますので、明日の朝は朝日に照らされた桃園《ももぞの》をお楽しみください」

最後に残った夏花は、背後で目を眇《すが》める沢辺を振り返った。

「順番なんだから、落ち着いて」

「ですが、この最後に案内されるという状況《じょうきょう》。あの北舎を用意された時の屈辱《くつじょく》が思い出されまして……っ」

「もし、一番小さな場所を用意されていたとしても、抑《おさ》えて。ここは藤原氏の別荘なんだから」

夏花の実家である橘氏《たちばなし》は、かつて藤原氏と政権を争った過去がある。そんな遺恨《いこん》を東宮妃候補という立場のある人間に押しつけるのは間違っているが、招いた紫女御自身が藤原氏の姫《ひめ》という出身。

立場を盾《たて》に文句を言っても、聞き入れられるわけがなかった。

「橘の姫君。時間がかかってしまい申し訳ございません。ですが、この棟には元から山に自生していた橘が壺庭《つぼにわ》に移植されているのです」

橘のある庭に通すなら、橘の姫を。

そう語る案内に悪意はないようだった。

「今通って来た回廊は、遠回りですが一番緩《ゆる》やかな道となっております。そちらの建物脇《わき》の石段をお使いになられれば、小寝殿の東へと出られます」

「そう。案内ご苦労でした」

夏花が直接声をかけると、案内は頬《ほお》を緩めて元来た回廊を戻《もど》って行った。

室内に入った夏花は、さっそく橘の壺庭を見る。

常緑樹である橘の葉は濃緑《のうりょく》。全体的に丸くなるように整えられた枝振《えだぶ》りが面白《おもしろ》い。

「橘を植えた壺庭があるなら、ここは橘壺《たちばなつぼ》になるのかな？」

「語呂《ごろ》が悪うございますね」

「そうだね。……ちょっと遠くて不便だけど、ここは嫌《きら》いじゃないな」

夏花は耳を澄《す》ませた。

梢《こずえ》の音と鳥の鳴き交《か》わす声が聞こえる。棟の周囲は手入れがされており、石も敷《し》かれているが、目を移せば山林が広がっていた。

自然を肌《はだ》に感じられる近さに、夏花は育った山荘《さんそう》を思い出す。

「姫さま。くれぐれも、懐《なつ》かしがって山にわけ入らないように」

「さ、さすがにそこまではしないよ」

「気が緩んで、先ほどからお言葉が乱れておりますが？」

「そう言えばなんか、じゃなくて……。なんだか、こちらの別荘は物々しい気がしませんこと？　別荘へ来る道には三つも新設の関がありましたでしょう」

言葉遣《ことばづか》いを繕《つくろ》って問えば、沢辺も笑《え》みを浮《う》かべるが、その眉間《みけん》には薄《うす》く皺《しわ》が寄っていた。

「東宮さまがいらっしゃるための、用心でしょう。妖に扮《ふん》した賊が東宮さまを狙《ねら》ったのは、まだひと月前のことにございます」

「そうなんだけど。だったら、どうして東宮は花見の誘《さそ》いを受けたんだろう？」

「それは、お声かけいただいたのが紫女御さまだからに他ならないのでは？　何より、東宮妃候補さま方もご一緒にと言われては、なんと断ることができましょう」

「うん、そう、そうなんだけどね。なんか、東宮に別の思惑《おもわく》ありそうだって、思ってしまって。そこに来て、この警備だし」

宴の間も、桃園を取り巻く幕の向こうに、不動で警備する男たちの影《かげ》が窺《うかが》えるほど。考え込む夏花に、沢辺は咳払《せきばら》いをする。

また口調の乱れていた夏花も、咳をするふりで一度口を閉じた。途端《とたん》に、沢辺は目を据《す》わらせてお説教するように言い聞かせる。

「姫さま、勘繰《かんぐ》りすぎです。こちらの別荘にはすでに紫女御さまもお渡《わた》りになっておられるんですから、警備が厳重であって困ることはないでしょう。何より、そう勘繰られる理由は、このひと月、東宮さまに避《さ》けられているからではありませんか？」

「避けられてなんか、ないと、思う……。確かに、住まいを移してから、ちょっと、来る頻度《ひんど》が減ってるとは思うし、肝心《かんじん》な妖の正体について、教えてくれないし………」

東宮妃候補となってすぐ、東宮は夏花を北山に帰そうと、忍《しの》んで来ては他の東宮妃候補には見せない高慢《こうまん》な態度を取った。もちろん、そんな東宮の言動が夏花を危険から遠ざけるための不器用な気遣《きづか》いだと、今は知っている。

身を案じるからこそ東宮が黙《もく》するとはわかっていながら、不満を漏らす夏花に、沢辺は眉間を険しくした。

「まさか、場所が変わったこの機会に、東宮さまから何か引き出せないか、などとお考えではありませんね？　いいですか、いつも陰《かげ》から助けてくれる門原どのはいないのです。くれぐれも、姫君《ひめぎみ》としての嗜《たしな》みを忘れぬよう、お願いいたします」

「はい……」

考えていたことを言い当てられ、夏花は首を竦《すく》めた。

妖騒動《あやかしそうどう》は、東宮を暗殺するために仕組まれた事件だった。今も犯人たちは捕《つか》まっていない。東宮の身の安全に関《かか》わる事柄《ことがら》であると同時に、若君暗殺の犯人かもしれない可能性のある相手。そう思えば、結果が出ていなくても、調べの進捗《しんちょく》が気にかかるのは仕方のないことだろう。

「……姫さま。反省していませんね？」

「う……っ。あ、な、何か聞こえぬか、沢辺？」

「そんな逃《に》げ口上――」

言いかけて、沢辺は視線を彷徨《さまよ》わせる。

「本当ですね。何やら騒《さわ》がしい気配が」

明確な言葉として聞こえるほど近くはないが、大勢が惑《まど》うようなざわめきが確かに聞こえた。

「外だ。しかも下のほう。何かあったのかもしれない」

「あ、姫さま！」

回廊へと出て行く夏花に、沢辺も慌《あわ》ててつき従う。

途中、通りかかった東の棟の前には、騒ぎの気配に鳴弦君が回廊へと出ていた。

「夏花君。あなたも気づかれたか。何か問題が生じたのだろうか？」

「それを、確かめに参ろうとしております」

「そうか。では私も同行させてもらおう」

迷わず夏花と共に歩き出す鳴弦君に、侍女《じじょ》も慌てず二人がついてくる。

断る理由もない夏花は、進むごとに不穏《ふおん》な気配が強くなるのを肌で感じた。

「これは、夏花君に鳴弦君。どちらへ？」

西の棟の前を通りかかると、今度は泣君の侍女に声をかけられる。

「騒ぎの様子を見に参ります」

「そ、そう、でございますか」

侍女は気後《きおく》れした様子で言い淀《よど》むが、すぐに階段向こうの棟へと取って返し、泣君に報告へ向かう様子。

それを見送って鳴弦君が呟《つぶや》く。

「泣君も来るのだろうか？」

「待っていても仕方ありません。私たちは先に向かいましょう」

夏花が促《うなが》すと、鳴弦君は思考を切り替《か》えるように歩き出した。

当たり前のように鳴弦君は言ったが、侍女に見に行かせるのではなく、姫君本人が騒ぎの下《もと》へ行くことに躊躇《ためら》いがなくなっている気がする。

「……私の、せい…………？」

妖騒動で一番に危険へ飛び込んだ自覚のある夏花は、他の姫君たちの悪《あ》しき前例になっている気がしてならない。

一人首を振《ふ》る夏花は、考えすぎだと自嘲《じちょう》した。

鳴弦君は元から武芸を修めた勇ましい姫君。泣君は怖《こわ》がりながら、負けず嫌《ぎら》いらしい気の強さがある。夏花は自分の影響《えいきょう》などというものは些末《さまつ》なこと、と胸中で頷《うなず》く。

小寝殿《こしんでん》まで戻ると、どうやら騒ぎは正殿で起きているらしい。

視線を向けると、小寝殿の御簾《みす》の向こうで、藤大納言《とうのだいなごん》らしき人影《ひとかげ》が、こちらを捉《とら》えて腰《こし》を上げるのが見えた。

「……い、行きましょう、鳴弦君」

さすがに生粋《きっすい》の姫君である藤大納言まで大胆《だいたん》な行動に出られると、自分にさえ誤魔化《ごまか》しが利《き》かない。

夏花はすぐに進もうとしたが、鳴弦君が足踏《あしぶ》みをした。

「行って、いいのだろうか？　正殿は、さすがに……」

「少し、様子を見るだけのことでしてよ」

大したことではないとばかりに言う夏花は、沢辺からの視線が刺《さ》さるのを感じる。

何が起きているか知りたいという思いのまま、夏花と鳴弦君は扇《おうぎ》で顔を隠《かく》し正殿へと近づいた。

正殿周辺には警備の者たちが集まり、侍女は端《はし》で怯《おび》えたように身を寄せている。東宮《とうぐう》の側近たちは難しい顔で額を寄せ合い、それぞれが意識を集中していて、近づく東宮妃《ひ》候補には気づいていなかった。

「あ、姫《ひめ》さま。ご覧ください。襖《ふすま》が開かれて奥が見えます」

沢辺が気づいて指し示す先では、正殿の控《ひか》えとして使われるだろう局《つぼね》の襖が全《すべ》て開いていた。見えるのは正殿に設《しつら》えられた御座《ぎょざ》や御帳台《みちょうだい》。

「まぁ、これはいったいどういうことなの？」

追いついた泣君が声を上げる。

正殿は襖以外も、御簾から御帳台の帳《とばり》まで全てが上げられ、見通しを良くされていた。

「あ……っ、あれは！　御帳台の前の！」

最後に来た藤大納言は、正殿の異様さに目を奪《うば》われるより早く、異変の原因を見つけ出す。

言われて夏花は御帳台の前に突《つ》き立つ赤に、ようやく気づく。

意識して見なければ気づかないほど、当たり前のようにあった上に、正殿の周囲で騒ぐ誰《だれ》もが、忌避《きひ》するように目を背《そむ》けていた。

「……桃恋鬼の、桃《もも》の枝？」

「ひぃ……っ」

夏花が呟くと、泣君が喉《のど》を攣《つ》らせて怯える。

「何故《なぜ》、あれがここに？　いや、枝を折り取ると、確か……」

鳴弦君は最後まで言わず唾《つば》を飲み込んだ。

紫女御が語った桃恋鬼の謂《いわ》れ。

そして最後に言った、鬼《おに》に憑《つ》かれたと言われる所以《ゆえん》。

「桃の木に近づく者は鬼を見、枝を取れば死んだ鬼の怨念《おんねん》に取り殺される……？」

夏花は、自分の言葉に不安を掻《か》き立てられた。

不自然に全ての物陰《ものかげ》を照らす正殿の明るさは、捜索《そうさく》の後だからか。

辺りが騒がしくも声を潜《ひそ》めて不安を醸《かも》すのは、姿なき鬼を、恐《おそ》れるからか。

「これは……」

不意に足音もなく近づく気配に、夏花は確信をもって首を巡《めぐ》らせる。

目を瞠《みは》ったのも束《つか》の間、東宮はすぐに温和な笑《え》みを浮《う》かべて東宮妃候補を見つめた。

他《ほか》の東宮妃候補が不安の視線を注ぐ中、夏花は真っ直《す》ぐに東宮を見る。

この別荘《べっそう》で、何かが起きようとしている。

確信をもって見据《みす》える夏花の目の前を、風がひと片《ひら》、赤い桃の花弁を吹《ふ》き攫《さら》って行った。

二章　偽りの母子

「姫君方、いったいどうして……？」

東宮妃候補が揃《そろ》っている姿に、東宮が苦笑《くしょう》を浮かべる。

不安げに見つめ返す東宮妃候補の中で、夏花はほんの一瞬《いっしゅん》、東宮が責めるような視線を向けてきたことに気づいていた。

まるで東宮妃候補を率いてきたような立ち位置で、夏花は扇に顔を隠し、東宮の無言の叱責《しっせき》に見ないふりをする。

「失礼いたします。東宮さま」

突然《とつぜん》かけられた声に首を巡らせると、紫女御の侍女がいつの間にか立っていた。

「紫女御さまが、この騒ぎの説明をお聞きしたいとお呼びでございます」

東宮自らを呼び出す紫女御。

己《おのれ》の足でやって来た東宮妃候補よりも順当なやり方だが、説明を侍女に聞かせるのではなく東宮を直接呼ぶのは何故か。

夏花が見ている前で、東宮は側近に視線を走らせ頷いた。

「……失礼を申し上げます」

東宮が応諾《おうだく》しようとした途端《とたん》、藤大納言が声をあげた。

「そのご説明の席に、わたくしも加えていただけないか、紫女御さまにお尋《たず》ねくださいまし」

この場にいる最高位の東宮ではなく、招く側の紫女御へと許可を求める。

藤大納言が何を思って突然言い出したのか、夏花には想像もつかないが、事態を把握《はあく》する好機を逃《のが》す手はない。

「あら、でしたら私も同席のご許可をいただけないでしょうか？」

夏花が紫女御の侍女へ微笑《ほほえ》むと、泣君がすぐさま追従した。

「良い考えね、夏花君。是非《ぜひ》、お願いいたします」

「わ、私も……っ、お願いできるだろうか？」

慌《あわ》てて鳴弦君も説明を聞くことを望んだ。

「お聞きして参ります。少々お待ちください」

紫女御の侍女は顔色一つ変えず、紫女御が使う正殿の東の対屋《たいのや》へと戻《もど》って行った。

「姫君《ひめぎみ》方。ご説明なら、後ほどいたしますが？」

東宮は微笑んで言っているが、夏花には一旦室《いったんへや》へ戻れと言われている気がしてならない。

「偶然《ぐうぜん》にも居合わせたのですから、ご説明の手間をおかけするのも忍《しの》びなく」

藤大納言《とうのだいなごん》が取ってつけたような言い訳をする。その間に、紫女御の侍女が戻って来た。

「紫女御さまがお許しになりました」

「……そう、ですか。それでは姫君方、共に参りましょう」

東宮と共に訪《おとず》れた東の対屋は、数日早く滞在《たいざい》している紫女御のためか、東宮の使う正殿よりも調度が多く華《はな》やかな印象を受けた。

「お呼び立てして、手数をかけますね。けれど、何やら不穏《ふおん》な声が聞こえて不安に思いましたもので」

「いいえ。こちらから説明の者を送らなければならなかったところを、思い至らず」

やはり他人行儀《たにんぎょうぎ》に聞こえる言葉を交《か》わし、東宮と紫女御は御簾《みす》越しに向き合う。

夏花たち東宮妃候補は、廂《ひさし》に用意された畳《たたみ》の上に座った。

「東宮妃候補方は正殿にお揃いだったと聞きましたが、何か御用《ごよう》がおありだったかしら？」

紫女御の当たり前の問いに、まさか騒《さわ》ぎが気になったから自ら出て来たとは言えない。

すると、藤大納言が一人素知らぬふりで言い訳を口にした。

「わたくしは小寝殿におりましたので、東宮さまに不吉《ふきつ》があったと聞こえ、不安を掻き立てられ参上いたしました」

状況《じょうきょう》を知った上で、近いから東宮の下《もと》へ直接向かったと。弁《わきま》えのない行いは、東宮を案じるが故《ゆえ》。

調子のいい泣君も、さすがに藤大納言と同じ言い訳は使えない。

笑って誤魔化すにも、紫女御からの直接の問いに答えないのは無礼だ。夏花はいっそ、東宮《とうぐう》妃《ひ》候補全員を巻き込もうと決めた。

「宴《うたげ》で詠《よ》んだ歌の批評を共に致《いた》しましょうと、藤大納言さまにお声かけに向かう途中《とちゆう》でございました。鳴弦君にも、泣君にもお声かけいたしましたので」

同意を求めて微笑みかけると、泣君はすぐさま笑みを浮かべて頷《うなず》く。鳴弦君は視線を彷徨《さまよ》わせた上で、浅く頷いた。

「まぁ……。東宮妃候補方は仲がよろしいのね。――東宮さま、それではご説明願えましょうか？」

「ええ。お聞き及《およ》びでしょうが、正殿《せいでん》の御帳台《みちようだい》の前に、桃恋鬼の花枝が突き立てられておりました」

「それは、東宮さまがお持ちになったのではなく？」

「そのような命令を出した事実はございません。何より、侍者《じしや》を一人正殿に先行させ、室の準備が整っているかを確認《かくにん》させせました。その折には、確かに花枝はなかったと申しております」

準備の様子を確かめに。東宮はそう言ったが、夏花は暗殺を警戒《けいかい》して侍者を先行させたのだろうと推測する。

だが、その時には桃恋鬼の花枝はなく、東宮が正殿に入った時、忽然《こつぜん》と花枝は現れていたらしい。

「ただいま、桃恋鬼の桃《もも》に欠けた枝がないかを確かめさせております」

「何者かが手折《たお》って、正殿へ持ち込んだとお考えに？」

紫女御の問いに東宮は肯定《こうてい》も否定もしない。

「少なくとも、正殿の周囲を警備していた者は、私たち以外が正殿に立ち入った様子は見ていない、と」

実際、桃恋鬼の花枝を見つけてすぐ、警備を呼んで辺りを捜索したが、余人の姿はなく。正殿の中も探索《たんさく》したが、侵入者《しんにゅう》は見つけられなかった。

「まぁ……。それではまるで、桃恋鬼が東宮さまに取り憑《つ》いたようではありませんか」

「ほぉ……？　それは、どういった意味でしょう？」

「あぁ、弁えのないことを。思ったままをつい、口にしてしまい……」

東宮の問いに、紫女御は御簾《みす》の中で怯《おび》えたように顔を伏《ふ》せた。

「姿も見えない鬼が、わざわざ花枝を届けたとするならば、それはまるで東宮さまを己の側《そば》に誘《さそ》っているような、と……」

目撃《もくげき》された人間がいないなら、花枝を突《つ》き立てたのは、この世の存在ではない鬼。

桃恋鬼が恋《こい》しい桃を手折ってまで東宮に届けたのは、この世ならざる場所に東宮を招き寄せようとしているからではないか。

「……紫女御さまは、想像力が豊かであられる。たちの悪い悪戯《いたずら》と思われます」

東宮が受け流そうとすると、紫女御はさらに言い募《つの》った。

「想像で済めばよろしいのですが……。東宮さまの周囲では、すでに妖《あやかし》が現れておいでではありませんか。このようなことが立て続くのは、もしや鬼《おに》に魅入《みい》られているということも…………あぁ、恐《おそ》ろしい」

紫女御の言葉に、泣君は大きく肩《かた》を震《ふる》わせる。

妖騒動《そうどう》に裏がありそうだとは気づいていても、人ならざる者の仕業《しわざ》である可能性が残る限り、どうしても恐れ戦《おのの》いてしまうようだ。

人の手で起こされた騒ぎだと知る夏花は、怪訝《けげん》な目で紫女御を見つめた。

妖騒動の時にも、似た意味の言葉を聞いたのだ。

妖が内裏《だいり》に現れたのは、東宮の徳が低いからだと。

穢《けが》れた者を遠ざけられないのは、東宮の威光《いこう》がないため。つまり、鬼や妖に寄られる東宮は、次期天皇として相応《ふさわ》しくない不徳の存在だという資質を疑う言葉にも取れる。

夏花は胸の内がざわめく。

心配するからこそ、ことを真剣《しんけん》に受け止め、不安を大きくして、言葉がすぎてしまった。紫女御の様子からはそうとも受け止められる。

ただ、夏花には懸念《けねん》があった。

母親である紫女御が、実の子である東宮にそんなことを言うだろうか。

本来なら東宮の位にいるべきではない者だと、知っているからこそ出た言葉なのではないだろうか。


――偽者《にせもの》だと、ばれている。


夏花は脳裏《のうり》をよぎった不安に、息を詰《つ》めた。

東宮はふと思いついたように柔《やわ》らかな声で紫女御の不安に言葉を返す。

「不安ご尤《もっと》も。内裏に戻りましたら季節は違《ちが》いますが、鬼遣《おにやらい》でもいたしましょうか」

本来年越《としこ》しに行う厄払《やくばら》いの儀式《ぎしき》をしようかと、東宮は提案する。

気にした様子のない声音《こわね》に誤魔化《ごまか》されそうになった夏花だったが、東宮の目には確かに冷めた感情が浮《う》かんでいた。

「そうですわね。それも良いでしょう」

言葉少なに応じる紫女御に、藤大納言が言葉を向けた。

「紫女御さま。京に桃恋鬼の桃に結界を張った高徳の神職がいらっしゃるはず。明日にでも、お呼びになっては如何《いかが》でしょう？」

藤原氏の別荘《べっそう》であるからか、藤大納言はすぐにお祓《はら》いの手配をしてはどうかと進言した。

「えぇ、考えましょう。……少し、気疲《きづか》れをしてしまいました」

「それはいけない。私どもは退室いたしますので、どうぞごゆるりとお休みを」

東宮の言葉で、夏花たちは東の対屋《たいのや》を後にする。

「お騒がせいたしました。姫君《ひめぎみ》方も、お休みになるといい」

正殿に戻《もど》った東宮は、そう言うと供に侍者を一人つける。東宮妃《ひ》候補が全員室《へや》に大人しく戻るのを見届ける目付け役なのだろう。

藤大納言は何ごともなかったかのように戻って行った。

対して泣君は侍女《じじょ》共々怯えた様子で、そそくさと戻る。

鳴弦君は何ごとかを考え込んだまま、静かだった。

「どうか、不用意なことはなさらないように、お願い申し上げます」

最後に送り届けられた夏花は、東宮の侍者に念を押され、橘《たちばな》の壺庭《つぼにわ》がある棟《むね》に戻った。

「……姫《ひめ》さま。何をお考えですか？」

沢辺の問いに、夏花は思わず問いで返す。

「何か、考えてるように見える？」

「気にかかることがおありで、心ここにあらずと言ったご様子ですよ」

何を言わなくても、姉妹《しまい》のように育った沢辺には見透《みす》かされてしまうようだ。

「ねぇ、沢辺。紫女御さまが、東宮の正体に気づいてるってことは、ないかな？」

「そ、そのようなことは……。ご存じでしたら、公表されない理由がありません」

夏花の危《あや》うい発言に、沢辺は眉間《みけん》を険しくしながら否定した。東宮が偽者であるとばれているなら、紫女御が黙《だま》っているはずがない。

実の子が何処《どこ》にいるのか、何故《なぜ》東宮が別人なのか。東宮を騙《かた》る真太を直接問い質《ただ》すはずだ。

「そうだよねぇ。けど、なんだか紫女御さまの東宮への態度が、自分の子に接するには距離《きょり》がありすぎるっていうか。違和感《いわかん》があるんだ……。元からそういう人だって言うなら、もっと私たちへの対応にも違和感があるはずだろうし」

生まれながらに情が薄《うす》いというのなら、まだわかる。

壺庭の橘の見える場所に座り込んだ夏花は、揺《ゆ》れる常緑の葉を見つめて首を捻《ひね》った。

「以前、母に聞いたことがあるのですが……」

回廊《かいろう》から夏花の姿が見えないよう、几帳を移動させる沢辺が迷うように言う。

「乳母《めのと》が何？」

貴族は一般《いっぱん》的に乳母を雇《やと》って、嬰児《えいじ》の頃《ころ》から成人するまでの教育を任せる習慣がある。夏花も、京に暮らしていた幼少には乳母がいた。

夏花の乳母は沢辺の母だ。夏花の母が死んだ後も、後見がなく困窮《こんきゅう》する夏花を守り、世話してくれた。

「確か、母が父の任地へ向かう直前でした。――まるで、娘《むすめ》を二人とも手放すような気持ちだと。乳母をしていた者から聞いた話は本当だったと言って……」

沢辺も乳母からのまた聞きなので、記憶《きおく》を手繰《たぐ》るように話し出す。

「乳母をする者の中には、手を離《はな》れた実子より、乳を含《ふく》ませた他人の子に情を傾《かたむ》ける者がいるそうなのです。母も、父の任地で暮らす私の兄姉より、姫さまを心配している自分がいると言っておりました」

まだ夏花が幼いせいもあるだろうが、乳母は夫が許していれば夏花について北山に暮らしていたかもしれないと思えるほど、情をかけてくれた。

ただ僧都《そうず》の下《もと》に引き取られて山門に入るのは、出家をするも同じ。乳母の夫が乳母を辞《や》めるなら戻って来いと命じての別れだった。

夏花も東宮妃《とうぐうひ》候補になっていなければ、成人と共に髪《かみ》を剃《そ》っていたかもしれない。

母譲《ゆず》りの髪を撫《な》でつつ、夏花は沢辺の話を考えた。

「つまり、紫女御さまは早くに若君を手放してしまったせいで、母親としての愛情が薄いって、言いたいの？」

夏花は自分で言っていて、表情を曇《くも》らせる。

「若君の弟にあたる御子《みこ》を大層可愛《かわい》がっていらっしゃると聞いていたんだけどな」

同じように、若君にも愛情をかけられる女性だと思っていたのだが、沢辺の言葉を考えれば思い込みの可能性がある。

「紫女御さまの愛情は、自らの手で養育する御子に傾いてしまっているかもしれないのか……。だから、東宮とは他人のような距離がある……」

そう考えれば、東宮と紫女御の距離は納得《なっとく》できる。

けれど実母である紫女御が、非業の死を遂《と》げてしまった若君に関心がないかもしれないと考えると心が痛んだ。

「姫さま……、あくまでそういった考えもあるというだけで。何も紫女御さまが若君を愛していない証明にはなりませんから」

沢辺は見るからに消沈《しょうちん》する夏花に慰《なぐさ》めの言葉を向けた。

「そうか、そうだよね。もしかしたら、離れて暮らしたせいで、距離の取り方がわからないだけかもしれないし。若君の様子をお話しすれば、もしかしたら親子の情を感じてくださるかも」

親子として情を通わせる機会がなかっただけ。

すでに若君はいないが、今からでも紫女御に若君という素晴《すば》らしい御子もいたことを知ってほしい。

「花枝のことはあるけど、まだすぐに京に戻ることはない、よね？　だったら、この別荘にいる間に紫女御さまとお話しする機会を――」

夏花が手を打ち合わせ、先の予定を立てようとすると、壺庭を囲む回廊が軋《きし》んだ。

見れば、いつの間にか回廊に登った東宮が、軋む床《ゆか》に眉《まゆ》を顰《ひそ》めている。

「東宮！　え、何処から来たの？」

「向こうの石段からだ。……が、お前はまた余計なことを。大人しく桃《もも》の観賞だけしていようとは思わないのか？」

無断で来て早々責めるような言葉を向けられ、夏花も不機嫌《ふきげん》に返す。

「紫女御さまと親しくなろうとする東宮妃候補は、私だけじゃない。余計なことだなんて言いすぎじゃないか」

「はぁ……。釘《くぎ》を刺《さ》しに来て正解だったな」

東宮妃候補や紫女御の前とは違う、繕《つくろ》うことのない表情と声音で、東宮はこれ見よがしに溜《た》め息を吐《つ》く。

「桃の花枝のことで、犯人捜《さが》さなきゃいけないんじゃないの？　何をしに来たんだ」

わざわざ東宮自身が石段を登ってやってくる理由に、夏花は警戒《けいかい》の色を強くした。

「そのままだ。また軽挙に及《およ》ぶような真似《まね》をするのではないかと思ってな。案の定だったようだが」

「またってなんのこと？　私は軽挙だなんて言われること、ここではしてない」

夏花が小言を拒否《きょひ》するように顔を背《そむ》けると、東宮は盛大に呆《あき》れてみせた。

「正殿《せいでん》まで東宮妃候補を引き連れておいて、何を言っているんだ」

「あ、あれは……っ、みんなが自分で…………」

「やはり歌の批評は噓《うそ》か」

図星を指されて夏花は言い訳を絞《しぼ》り出す。

「そうだけど。実際、桃恋鬼の花枝があったわけで……。あれは、悪ふざけの範疇《はんちゅう》を越《こ》えた事態じゃないか。心配するくらい、いいだろう」

「全く。東宮妃候補に選ばれた姫君の行いではないな。いったい誰《だれ》の影響《えいきょう》なのやら」

夏花も危惧《きぐ》していた影響を指摘《してき》され、言葉に詰《つ》まる。

反論もできない夏花に、東宮は外から見えない場所を選んで、夏花の近くに座り込んだ。

「……若君を知るお前が紫女御に近づいて、俺と齟齬《そご》があると困る」

「それは、そう……だね」

真剣《しんけん》な声音《こわね》で告げられた夏花は、東宮を危険に晒《さら》すかもしれない可能性に俯《うつむ》く。

東宮を名乗る真太は、若君の山荘《さんそう》で働く童子だった。若君の生活に寄り添《そ》ってはいたものの、常に側《そば》近く侍《はべ》っていたわけではない。実際夏花も顔や名前を思い出すために時間が必要だった。

それだけ、表にはあまり出ない雑用を請《う》け負って働いていたのだ。

若君の従者たちが東宮の側にいるとは言え、常に補助できるわけではない。夏花の思い出話を全《すべ》て東宮が知っているわけでもない。

理解したからこそ黙る夏花に、東宮は言葉少なに忠告する。

「紫女御も貴族だ。あまり情に期待するな」

「やっぱり、そうなんだ？」

夏花の曖昧《あいまい》な問いに東宮は答えない。

東宮の言葉つきから、夏花が何故紫女御に近づこうと考えたかは聞いていたはず。その上で情に期待するなというなら、やはり紫女御は手放した若君に親しみを覚えていないということなのだろうか。

考え込む夏花に、東宮は怪訝《けげん》な様子で眉を顰めて声を低くした。

「別に、東宮妃《ひ》になりたいわけじゃないだろう。だったら、紫女御に近づく利はないはずだ」

「確かに得することはないよ。でも、それだけ？　それだけで本当に私を紫女御さまに近づけさせたくないの？」

「何を疑っているかは知らないが、必要以上に紫女御に関《かか》わるな」

やはり答えない東宮に、夏花も意固地になる。

「なんで、近づいたらいけないの？」

「先に言ったとおりだ」

東宮としての体裁《ていさい》を守るため。

理由としては理解できる。けれど本当に理由は一つなのか、疑念が胸の内に蟠《わだかま》った。

桃園《ももぞの》での宴《うたげ》の時、先ほどの会話の時、偽者《にせもの》だからこそ完璧《かんぺき》な東宮を演じようとする胸中を知る夏花だけに、感じ取ることのできた綻《ほころ》び。何より、紫女御が口にした東宮の資質に疑問を投げかけるような言葉が、刺さった棘《とげ》のように気にかかった。

胸中が視線に表れる夏花に、東宮は顔を顰める。

「妖《あやかし》騒動《そうどう》でやらかした自覚がないのか。大人しくしろ」

「やらかしただなんて、言い方ないだろ。あれは、東宮を助けたくて――っ」

「俺は戦う覚悟《かくご》ができている。これ以上、危険に踏《ふ》み込むな」

明確な拒否の言葉を投げかけられ、夏花はまた知らないところで東宮が危険に身を置くつもりなのだと察した。

夏花の目の色が変わったことに気づいた東宮は身を引いた。

「もしかして、紫女御と何かあった？」

「……何故《なぜ》そう思う？」

誤魔化《ごまか》しを許さない夏花の問いに、東宮は否定せず問いを返す。

馬鹿《ばか》な考えと一蹴《いっしゅう》されなかったことで、夏花は何かあったのだと確信して、東宮を見つめる視線に力を込めた。

「自覚ないの？　宴の時、東宮の様子は不自然だった。紫女御さまを前に緊張《きんちょう》してた。若君のご生母に対する気後《きおく》れかと思ったけど、そうじゃないみたいだ」

夏花に指摘され、東宮は思わずといった様子で口に手を当てて視線を逸《そ》らした。

内心の動揺《どうよう》を物語る仕草は、それほどわかりやすく態度に出ていたのかと焦《あせ》るから。夏花がそれだけ宴そっちのけで、東宮《とうぐう》と紫女御の様子を注視していたことなど考え至らない様子。

東宮は、なおも見つめ続ける夏花に気づき、ばつが悪そうに顔を背ける。

そこまで動揺を見せる東宮に、夏花は不安を抱《いだ》いた。

「……ねぇ、まさか紫女御さまに正体ばれてるの？」

「は……？」

まるで埒外《らちがい》な問いのように、東宮は目を瞠《みは》る。

「だって親子の対応として、東宮もだけど、紫女御さまも不自然だったもの」

微笑《ほほえ》み合っているのに、まるで親しみを感じなかった宴でのやり取り。

さらには桃恋鬼の花枝が何者かによって仕込まれたと知った、紫女御とのやり取り。

どちらも距離《きょり》を感じさせる言葉であると同時に、邪推《じゃすい》できてしまう、鬼《おに》に魅入《みい》られているという紫女御の発言。それに返す東宮の目も冷えていた。

東宮は一考する様子で一度口を閉じた。

「やっぱり正体ばれてる可能性ってある？」

「正直、わからん……。が、可能性は低い」

やはり紫女御なら正面から問い質《ただ》し、公《おおやけ》にするという考えらしい。

「東宮が近づいて正体を怪《あや》しまれるなら、いっそ私が紫女御さまに――」

「余計な詮索《せんさく》をするな」

夏花が提案しようとした言葉を最後まで聞かず、東宮は切り捨てる。

「余計って、何？」

身を乗り出して説明を求めても、東宮は答える気はないとばかりに腕《うで》を組んだ。

「紫女御や桃恋鬼については、こちらに任せろ」

「そう言って、妖騒動のことも教えないくせに」

睨《にら》み上げる夏花に、東宮は怯《ひる》まず答える。

「不確かな情報では混乱するだろう」

「不確かでも情報がないから余計かどうかもわからないんだ」

「判断がつかないのなら動くな。まずは自分の身の安全を確保しろ」

「自分を一番危険に晒してる東宮に言われても説得力がない。安全にしてたら真相がわかるの？　安全を確保するなんて言って、遠ざけられるだけじゃないか」

言い合う間に、夏花は東宮と睨み合う形になる。

引かない夏花は、やはり東宮が自分を紫女御や桃恋鬼から遠ざけたがっているのだと確信した。

遠ざけなければ危ないと考えるだけの、何かを知っているのだろう。

東宮が心配して言ってくれているのはわかる。妖騒動でも、夏花は結局東宮を助けに行ったつもりで助けられた。

無闇《むやみ》に探《さぐ》ったところで、東宮に迷惑《めいわく》がかかるのはわかっている。だからこそ、東宮が何を考え、何をしようとしているのかを教えてほしかった。何をすれば役立てるか、自分でもできることがないかを夏花は知りたかった。

東宮を案じるからこそ不退転のまま見据《みす》える夏花に、東宮のほうが先に視線を逸らす。

何かを考え込んで一度目を閉じると、探るように夏花に視線を戻《もど》した。

「大人しくしているなら、妖騒動の進捗《しんちょく》を教える、というのはどうだ？」

「つまり、桃恋鬼のことや紫女御には首突《つ》っ込むなってことだね」

「そうだ」

「それ、後から理由教えてくれる？」

東宮はまた視線を逸らした。

「……結果が出るとは限らない」

「それでも、東宮が何を目的に動いているのか知りたい」

東宮を、真太を知るために。

若君の仇《かたき》を取るためだけに、東宮を詐称《さしょう》するという大罪を犯《おか》している。若君のふりをして、完璧な東宮を装《よそお》う裏には、確かに真太としての考えや行動があることを夏花は身に感じていた。

こうしてやって来ては憎《にく》まれ口をきいて危険から遠ざけようと、不器用な気配りをするのは、真太だ。

「知らないほうが、いいこともある……」

暗い声音《こわね》で語るのは、やはり真太としての思いなのだろう。

夏花はだからこそ、東宮を真っ直《す》ぐに見て告げた。

「私は、若君の死を知らなければ良かったなんて、思えない」

言葉で聞いただけの若君の死に、未《いま》だ実感など湧《わ》かない。それでも、その死を目《ま》の当たりにした東宮の深い慙愧《ざんき》の念に偽《いつわ》りはなく、若君の死を悔《く》いるからこそ、暗殺を目論《もくろ》んだ相手を自らの命を懸《か》けて捜《さが》している。

そんな東宮が選んだ、真実を告げるという選択《せんたく》を、夏花は否定しない。

黙《だま》り込んだ東宮は、ふと息を吐《は》き出した。

「この別荘《べっそう》では大人しくすると誓《ちか》えるか？」

「門原どのもいないし、危険なことはしない」

「紫女御に近づくのもだぞ」

「わかってる。けど、誘《さそ》われたら行くから」

自ら近づくことはしないが、好機があれば摑《つか》む努力はする。

迷いない夏花の答えに、東宮は目を眇《すが》めた。不機嫌《ふきげん》そうな表情だが、発される言葉には何処《どこ》か諦念が漂う。

「この、頑固者……」

「お互《たが》いさまだ」

夏花と東宮のやり取りに、一人沢辺が気を揉《も》みながら見守っていた。

「……………本当に近づくなよ」

東宮はそう念を押して、ひと月前の妖騒動《そうどう》に対する進捗を話し出す。

「例の短刀を製造した刀匠《とうしょう》は判明した。購入者《こうにゅう》もわかり、すでにそこから短刀の入手目的や保管状況《じょうきょう》を聞き取っている」

例の短刀とは、夏花が手に入れた妖に扮《ふん》した賊《ぞく》の遺留品。

東宮は賊が揃《そろ》いの短刀を持っていたことから、数を揃えて作らせた物であると睨み、製作者を探していた。

「短刀を製造させたのは、ある藤原氏だった。変な行動を起こさないために、何処の藤原氏かは伏《ふ》せる」

「信用ないなぁ」

不満を漏《も》らす夏花に、東宮は片眉《かたまゆ》を上げて一瞥《いちべつ》を向けるだけ。

「短刀を作らせ、所持していることは認めたが、全《すべ》て保管してあることを確認《かくにん》したと口で言うだけで、決して実物を見せようとはしない」

「それって――」

夏花が発しようとした言葉を、東宮は片手を上げて制した。

「怪しい。……だが、怪しいというだけで屋敷《やしき》に押し入って短刀の収蔵場所を検《あらた》めることはできない。現状、その藤原氏に白黒つけられるだけの判断材料は、揃っていないんだ」

「でも、藤原氏ってことは、東宮を狙《ねら》う理由のある貴族や皇――あ」

言いかけて夏花は息を呑《の》む。

藤原氏が怪しいとなれば、疑う者の範囲《はんい》に藤原氏を外戚《がいせき》に持つ皇族が入る。

それは、東宮自身も範囲に含《ふく》まれており、何より東宮妃《ひ》候補の藤大納言《とうのだいなごん》や紫女御も藤原氏の出身だった。

「いや、でも……、東宮を狙う理由が、ないし………」

「確証もなく除外して考えるのは危険だ。血縁《けつえん》は確かにある。同時に、血縁以外で疑う理由も証拠《しょうこ》もない。だったら、必要以上に近づかず、相手の動きを待つのが得策だ」

「だから、紫女御さまに近づくなって？　……あ、現場監督《かんとく》は？　工人に潜《ひそ》んでいた賊を引き入れたっていう」

もう一つの手がかりの進捗を問う夏花に、東宮は渋《しぶ》い顔のままだった。

「話を聞く前に、病を理由に職を辞して京を去った。残っているのは紙の記録だけで、記録上は不審《ふしん》なところはない。工人を募集《ぼしゅう》して、応募《おうぼ》があったから採用した。それだけだ」

「それだけって。でも、内裏《だいり》に出入りできるなら、誰《だれ》か紹介《しょうかい》した人がいたんじゃないの？」

「現場監督の周囲からも話を聞いたが、今回のことで一度だけ漏らしたことがあったらしい。

――上から、工人を捻《ね》じ込まれた、と」

「じゃあ、その現場監督の上役を調べれば」

夏花の追及《ついきゅう》に、東宮《とうぐう》は首を横に振《ふ》った。

「また聞きの証言だけで、記録などは一切《いっさい》残っていない。上というのも、誰のことなのかはっきりしない。該当《がいとう》する者たちを全て調べるには、時間がかかる」

今すぐに犯人が見つかるとは言えない状況。

「貴族のよくやる手だ。伝手《つて》を幾《いく》つも経て、誰が命じたのかわからなくするやり方で、問題を有耶無耶《うやむや》にすることもあれば、時間を稼《かせ》いで攻撃《こうげき》の機会を窺《うかが》うこともある」

証拠を探る、今が最も危険で大事な時だと東宮は言う。

「藤原氏や紫女御、藤原の姫君《ひめぎみ》やその家が妖《あやかし》騒動の黒幕とも断定できない」

「だから近づくなって？」

「そうだ。場合によっては、他《ほか》の東宮妃候補も加担している可能性がある。藤原氏は数も多ければ、長年権力の中枢《ちゅうすう》に座り続けた貴族内での存在感も健在だ。短刀の持ち主である藤原氏は、個人のつき合いで摂津の姫や、城介の姫の血縁にある貴族とも繋《つな》がっている。そこから動きを見せる可能性も考慮《こうりょ》すべきだ」

肝《きも》に銘《めい》じろと、東宮は夏花を見据えた。

視線を受けて、当初思い浮《う》かんだ疑問が夏花の中で再浮上《さいふじょう》する。

「そんな……、紫女御さまにも繋がる藤原氏が危ないとわかっていて、藤原氏の別荘に招かれたわけ？　自分は囮《おとり》で危ないとわかっていて飛び込む癖《くせ》に……っ」

東宮がその位に坐《すわ》るのは、敵をおびき寄せるためだ。別荘へ招かれたのは、まさに囮の役目を全《まっと》うするためか。

納得《なっとく》いかない、と夏花は歯噛《はが》みする。

「俺はいいんだ」

「良くない」

即座《そくざ》に否定する夏花に、東宮は苦笑《くしょう》を浮かべた。

真太を心配していると、夏花は伝えた。だというのに、当の本人が他人の心配をして、自身を顧《かえり》みずに正体の掴めない敵に身を晒《さら》し続けるのだ。

わかっていないと、責めるように見つめる夏花に、東宮は思案した。

「容疑者が多い中で、不用意なことをされては証拠隠滅《しょうこいんめつ》の可能性があるのはわかるな？」

頷《うなず》きつつも、夏花は話を逸《そ》らす気かと警戒《けいかい》を露《あら》わにする。

「妖騒動のほうは手詰《てづ》まりだ。ことは慎重《しんちょう》に取り組む必要がある。どうやっても、時間がかかる」

「工人を送り込んだ伝手を調べるにも、人手が足りないんだね」

「そうだ。だから、この紫女御の誘いで藤原氏が尻尾《しっぽ》を出すなら、それを摑む」

東宮が危険に身を置くことに変わりはないが、別荘に来た目的は理解した。そう示すために、夏花は頷く。

「そのためには餌《えさ》は一つでいい。釣りと一緒《いっしょ》だ。静かに針を垂れている横で、水面を騒《さわ》がせられては獲物《えもの》に逃《に》げられる」

「釣りしたことないからわからない……って、言いたいところだけど、私が動いて相手を警戒させるのがいけないのはわかった」

言いつつ、夏花は警戒させないよう普段《ふだん》どおりに振る舞《ま》いつつ、何かできることはないかと考える。

何もしないという選択肢《せんたくし》が夏花にはないことを察して、東宮は長嘆息《ちょうたんそく》した。

「本当に頑固な……。よし、だったらお前にも一つ協力してもらおう」

「え……っ？」

思わぬ東宮の申し出に、夏花の声は自然、声高くなる。

頼《たよ》られて嬉《うれ》しいと、如実《にょじつ》に語る夏花の反応に、東宮は困った様子で笑った。

「怪《あや》しい中に東宮妃候補もいる。東宮妃候補本人が関《かか》わっていなくとも、家に怪しい動きがあるかもしれない。同じ立場であれば、本音や実家の動向を引き出せるだろう。もちろん、深入りは禁物だ」

「わかった。東宮妃候補の、家の動きだね。となると、泣君は京の縁者《えんじゃ》に大臣や皇族がいるし。鳴弦君は院のお側《そば》に侍《はべ》る勢力が血縁だ」

東宮妃候補は、選ばれるだけの才知ある姫君たちだ。

夏花が家を探《さぐ》っているとわかれば、警戒して貝のようになるだろう。

何より、一対一で探るのは禁物。

夏花には、沢辺しかいない。侍女《じじょ》を含めれば他の東宮妃候補のほうが優勢。危険を冒《おか》さないのであれば、探る時には他の東宮妃候補も同席の上、話を聞きだすのがいいだろう。

真剣《しんけん》に東宮妃候補を探る手を考える夏花に、東宮はこっそりと安堵《あんど》の息を吐《つ》く。

その様子を見ていた沢辺は、呟《つぶや》いた。

「東宮さまも、このひと月で姫さまの扱《あつか》いを心得たようでございますね」

「え？　沢辺、それどういうこと？」

思わぬ言葉に夏花が思考を止めると、東宮は肩《かた》を竦《すく》めて応じた。

「難物であることには変わりないがな」

「……東宮？」

不服はあるが、文句を言えないのは夏花も自覚していた。

妖騒動の時には、確かに考えて行動していなかったのだ。そんな前科があっては、危険に踏《ふ》み込むなと釘《くぎ》を刺《さ》されるのもしようがないとは思う。

だからこそ、東宮が夏花を助けるために危険を冒すくらいなら、夏花は自ら安全を確保しなければならない。

今回は特に、門原という護衛がいない。危険に遭《あ》っても助けてもらえると思ってはいけないのだ。

ふと、そのために東宮妃候補という人目の多い場所に、夏花を誘導《ゆうどう》したかったのだろうかと思い至る。

他人の心配ばかり、と言いたい不服の思いを飲み込む。代わりに、気をつけようと一人頷いた。

それでも、命にかかわる危険が東宮に及《およ》ぶなら、助けに動く。そこは夏花にとって譲《ゆず》れない線引きだった。

「おや、これは嬉しいこと。急なことで一人寂《さび》しく帰路に就《つ》くと思うておりましたのに。皆《みな》さまでこうして見送っていただけるとは」

翌日になって、突然《とつぜん》紫女御が別荘《べっそう》を発《た》つと報《しら》せが入った。

居並ぶ東宮や東宮妃候補に微笑《ほほえ》みを浮かべ、紫女御は見送りの礼を口にする。

「ご気分が優《すぐ》れないとのことでございますが、牛車《ぎっしゃ》に揺《ゆ》られるのは辛《つら》くございませんか？」

血縁の親しさからか、藤大納言《とうのだいなごん》が婉曲《えんきょく》な引き留めの言葉を発す。途端《とたん》に紫女御は疲《つか》れたように息を吐いた。

「昨日の騒ぎの後から、どうも気が晴れませぬ。このままでは気鬱《きうつ》になってしまうと思い、別荘を発とうと決めましたから」

昨日の騒ぎとは、桃恋鬼の花枝が東宮の寝所《しんじょ》に突《つ》き立てられたことだろう。泣君が震《ふる》える息を吐き出すと、紫女御は困ったように笑った。

「わたくしのことは気にする必要などありません。皆は今を盛りに咲《さ》き誇《ほこ》る桃《もも》を楽しむと良い」

桃の花を楽しむために招かれたのだから、紫女御の言葉はおかしくはないだろう。ただ、桃恋鬼と呼ばれる鬼《おに》の存在が桃と関連づいている以上、楽しむ心地《ここち》になるのは難しいと、容易に想像できる。

夏花は、東宮との会話で何故余所《なぜよそ》よそしく感じたのか、その一端《いったん》に気づいた。紫女御の言葉は何処《どこ》か、表面だけを取り繕《つくろ》った心の籠《こも》らない言葉に聞こえるのだ。

東宮は昨日と同じ作り笑いを浮かべて、気遣《きづか》う様子をみせる。

「京で良い薬湯を作る僧侶《そうりょ》を知っております。気鬱にも効く薬ですので、紫女御さまへお届けするよう手配いたしましょう」

東宮の気配りに、紫女御は笑《え》みを深めながら、はっきりと拒否《きょひ》を示した。

「薬湯を求めるほどのことではないのです。京に戻《もど》れば、わずらいは消えます故《ゆえ》。不安も京へ戻れば解消されましょう」

「それは、京に何か気がかりがおありで？」

紫女御の言葉に、東宮《とうぐう》は何げない様子を装《よそお》いながら探りを入れる。

紫女御はふと笑みを消したが、答える声音《こわね》には今までにない色が表れていた。

「吾子《あこ》が夢に現れたのです」

呟くように言った紫女御は、微笑ましいと言わんばかりの慈愛《じあい》に満ちた笑みを浮《う》かべる。

「側を離《はな》れたためか、吾子が夢に出ました。もしや寂しく思う吾子が、夢の通い路をやって来たのではないかと心配なのです」

紫女御が吾子と呼ぶのは、自ら養育する幼い御子《みこ》。

表向きは東宮の、実際は若君の腹違《はらちが》いの弟にあたる。

元は紫女御に仕える藤原氏の娘《むすめ》が今上《きんじょう》の寵を得て産み落としたのだが、紫女御は母親を内裏《だいり》から追い出して、その御子を手ずから養育した。

紫女御の御子への溺愛《できあい》ぶりは、良くも悪くも周知されている。

実の母親から取り上げるようにして御子を育てるのは、実子を幼い内に取り上げられた揺り返しとも、東宮の生母でありながら出産後には一切《いっさい》今上が寄りつかなくなったことへの意趣返《いしゅがえ》しとも言われているのだ。

「わたくしも吾子とこれほど長く離れたのは初めてのことで、考えるほどに気が滅入《めい》ってしまい……」

そう語る紫女御だが、離れた日数は桃が咲き始めてから五日程度。

それでも俯《うつむ》き視線を下げる姿は、本当に手元にいない御子の身を案じる様子。

その表情にも声にも温かみがあり、決して東宮には見せない親愛の情が、確かに感じられた。

夢にまで見た御子の話をする紫女御に、気の晴れない様子など窺《うかが》えない。

頷《うなず》きつつ微笑みを絶やさない東宮の目が、冷めているのを夏花は見ていた。

「これだけ顕著《けんちょ》なら……」

鳴弦君が微《かす》かな声で呟く。

これだけ顕著なら、溺愛と噂《うわさ》されるのも当然だ、と。

夏花は内心で頷きつつ、寂しさを覚えて、紫女御から視線を逸《そ》らした。

東宮が偽者《にせもの》だとばれていないのなら、紫女御の対応の違《ちが》いは、そのまま若君への関心の薄《うす》さということになる。

紫女御も意に染まず離れて暮らしたのだから、責めることはできない。夏花の乳母《めのと》も、情が移ると言っていたのだから、世の中にはそういうこともあるのだろう。

生まれてすぐに若君の出家を決めた今上も、院との争いを避《さ》けるという子の安寧《あんねい》を願っての措置《そち》だと言い訳ができる。

そうとは思いつつも、夏花は落胆《らくたん》する。

望まず父によって母の手から遠ざけられて、愛情すら抱《いだ》いてもらえない。それではあまりにも若君が不憫《ふびん》だ。

「紫女御さまのお心の内はよくわかりました。それほどご心配なら、片時もお側を離れぬようなさらねばなりませんね」

紫女御の終わらない心配話をそう終わらせた東宮は、いつもの作り笑いに別の感情が乗っている。

嘲笑《ちょうしょう》のようでいて、苛立《いらだ》ちにも近く、皮肉げな感情がひと刷毛塗布《はけとふ》されたような。

夏花でも摑《つか》み切れなかった東宮の感情の所在を、受け止めたのはただ紫女御一人。

それまで浮かべていた本物の笑みは鳴りを潜《ひそ》め、紫女御は面の如《ごと》く揺るがない微笑みを浮かべた。

作り物のように美しい笑みに、夏花は薄ら寒いものを初めて感じる。

親しみが窺えるのは表面だけで、紫女御の内面は底の見えない深淵《しんえん》。その心の内を隠《かく》すような表情が、暗く邪《よこしま》な考えを知られず育《はぐく》んでいるのではないかと邪推《じゃすい》してしまう。

嫌《いや》な予感に胸を押さえると、東宮はにこやかに別れの挨拶《あいさつ》を告げた。

「紫女御さま、道中お気をつけて。京にも、付け火をするような不埒者《ふらち》がいるそうですから」

気遣いを口にする東宮だが、夏花はつい昨日聞いた妖騒動《あやかしそうどう》が思い出される。内裏に放火した大罪人は確かにいるだろうが、妖を妖として捉《とら》えている紫女御に言って用心のための忠告が通じるのか。

　まして、妖が人間の扮装《ふんそう》だと気づいている東宮妃《ひ》候補がいる場で、東宮の言葉は不用意すぎる。そう思って目を配るが、夏花ほど東宮の言葉を重く受け止めた者はいない。

　紫女御も微笑みを絶やすことはなかったのだが、すぐには答えない沈黙《ちんもく》が、東宮の発言を吟《ぎん》味《み》するよう。

「えぇ、東宮さまも。山中は京ほど灯《あか》りも届かず、月の明るい夜ばかりではありませんもの。月の隠れた夜にはご用心を」

　微笑みで返す紫女御の言葉は、階段が設けてある別荘内の足元を気にしてのこと。そう思えるのに、夏花には別のことを示唆《しさ》するかに聞こえた。

　ひと月前、妖騒動があったのは月のない夜。

　そして、若君が殺されたのも、月のない夜だったと東宮は言った。

　まさか、と夏花は自分の考えを否定する。

　若君の母であり、東宮の生母という地位を持つ女性が、どちらか、もしくは両方の事件に関《かか》わっているなど、ありえない。

　紫女御が牛車に乗り込み、御簾《みす》が下ろされた。見送りの者たちの目が、動き出す牛車に集中する中、夏花は東宮を窺う。

考えすぎだと思いたくての行動だったが、夏花は息を詰《つ》めた。

牛車《ぎっしゃ》を見る東宮の目には厳しい光が宿り、頬越《ほおご》しにも奥歯を噛《か》み締《し》める動きがわかる。

側近に耳打ちされ、東宮は表情を改めた。その切り替《か》えが、夏花には余計に怪《あや》しく映る。

東宮は、若君の母親さえ、若君暗殺の黒幕ではないかと疑っているのか。疑わなければならないのか。

「……知っていて──」

紫女御が月の隠れた夜が何を意味するか知っていて口にしたとは思えない。いや、思いたくない。

けれどもし、知って口にしていたとすれば、それはどんな心持ちだろう。

想像しようとした夏花は、身の内から這《は》い上がる震えを抑《おさ》える。

「姫《ひめ》さま？　寒いのですか？」

「だ、大丈夫《だいじょうぶ》、ですよ。沢辺」

周りを気にして取り繕うが、沢辺は困ったように眉《まゆ》を下げる。横目に窺えば、東宮も訝《いぶか》る様子で一瞥《いちべつ》を向けた。

「東宮さま、今後の予定についてお尋《たず》ねしてもよろしいでしょうか？」

藤大納言が夏花と東宮の視界を隔《へだ》てるように立った。

「そうですね……。今日は夜にまた紫女御さまが宴《うたげ》を催《もよお》すはずでしたが」

宴に備えて日中は自由にすごすはずだったが、夜の予定もなくなった。

「私も今夜時間が取れるかわかりませぬ故。なさりたいことがあるようでしたら、ご相談いただければ」

参加はできないが許可は出すと東宮は言う。

東宮が何をするかなど改めて聞く者はいない。

桃恋鬼の花枝が、どうやって正殿《せいでん》に持ち込まれたのか。東宮は昨日もずっと調査をしていた。

「何か、おわかりになりましたでしょうか？」

泣君が恐々《こわごわ》と聞く。

「残念ながら、これといったことは。あの赤い桃《もも》の木の枝が折られていたのは確かでも、いつ誰《だれ》がとなると……」

人間の仕業《しわざ》とも鬼《おに》の仕業とも判別がつかないのだ。

鳴弦君は思い決めたように東宮へと身を乗り出した。

「私に、お手伝いできることはございませんか？」

生真面目《きまじめ》な声音で告げられた言葉に、東宮は一瞬《いっしゅん》目を見開いたが、すぐに微笑《びしょう》を浮かべた。

「そのお心だけで、十分心強い思いがします。後は私に任せて、姫君方は紫女御さまの言うとおり、どうか春の風景でお楽しみを」

東宮はそうはぐらかすが、そんな言葉で頷けるほど、桃恋鬼の花枝の威力《いりょく》は低くない。

すでに別荘中《べっそう》で、東宮《とうぐう》が桃恋鬼に呪《のろ》い殺されると噂になっているのだ。

東宮を放《ほう》って遊んではいられない。

そう言おうとした夏花は、口を開く前に藤大納言《とうのだいなごん》の言葉に遮《さえぎ》られた。

「承知いたしました。それではわたくし共は、先日できなかった歌の批評をすることにいたします」

「えぇ、皆《みな》で揃《そろ》って大人しく。東宮さまを煩《わずら》わせることはいたしませんわ」

夏花の左に立つ泣君も藤大納言に続き、右に立った鳴弦君も、先ほどの言葉を翻《ひるがえ》す。

「東宮さまは決して鬼の呪いなどに負けぬお方と、信じております」

「…………えぇ……？」

気づけば東宮妃候補とその侍女《じじょ》に囲まれた夏花は、前後左右を確かめて困惑《こんわく》する。

どうも夏花がいない間に、他《ほか》の東宮妃候補が何やら結託《けったく》してこの状況《じょうきょう》を作ったようだ。

東宮もすぐには答えず、考えるような沈黙が落ちる。

立ち直った東宮は、車止めから去るため動き出した。

「万一、不審《ふしん》者を見かけた場合には、近くの警備をお呼びになるように」

そう釘《くぎ》を刺《さ》す東宮に、夏花は藤大納言の後ろから声を上げようとした。

「わ、私は……」

紫女御のこと、発言の真意、否定したい可能性。

東宮と話したいことがあるというのに、一斉《いっせい》に東宮妃候補たちの視線にさらされ、夏花は口を閉じた。

「さぁ、夏花君。お寒いのでしたら、小寝殿《こしんでん》へおいでなさいまし」

「夏花君、私たちともお喋《しゃべ》りを楽しみますわよね？」

「その……、聞きたいことがある。一緒《いっしょ》に来てほしい」

威圧《いあつ》的に微笑む藤大納言と泣君に戦《おのの》くと、鳴弦君が声を潜めて目的を告げた。

「本当に、東宮妃候補方は仲がよろしいことだ」

東宮は作り笑いで、微笑ましいとばかりに言って正殿へ戻《もど》り始める。

諾否《だくひ》を告げてもいない夏花は、引き離《はな》されるように小寝殿へと連れて行かれた。

「なんか……おかしい…………」

夏花は顔を隠すように上げた袖《そで》の中で呟《つぶや》いた。

袖を下げて正面を窺《うかが》えば、何故《なぜ》か東宮妃候補たちと相対する形で坐《すわ》らされている。三対一で向かい合う不自然な形勢に、夏花は強《し》いて頰《ほお》に力を籠《こ》め、笑《え》みを作った。

「いったい、これは何ごとでございましょう？」

本心で成り行きを知りたい夏花の問いに、藤大納言は眉を顰《ひそ》めた。

「あら、わたくし共が知らないとお思いにならないでくださいまし」

「気づかれないと思っておいでなら、舐《な》められたものですわね」

続く泣君の攻撃《こうげき》的な言葉に、頬が攣《つ》りそうになりながら、説明を求めて鳴弦君を見た。

「夏花君、さすがに事件の起きた昨日の内に抜《ぬ》け駆《が》けというのは良くないと、私は思う」

「はい……？　皆さまが何を仰《おつしや》っているのか、心当たりもございません」

平静を装《よそお》って返した途端《とたん》、泣君が眦《まなじり》を決した。

「強情《ごうじよう》やね。昨日、東宮さまと二人きりで、何をしていたのか、吐《は》いてもらいます！」

核心《かくしん》を突《つ》く泣君に、夏花は否定すべきか往《い》なすべきかを迷って、迷いをそのまま態度に表してしまった。

図星と受け取った藤大納言と鳴弦君も、追及《ついきゆう》を始めた。

「東宮さまが忍《しの》んで石段を上へ行かれたのを、見た者がおります。言い逃《のが》れはできないものとお考えあそばせ」

「お二人が同じ場所で育ったということは聞き知っているが、いったい何処《どこ》まで親しい仲なのか？」

三人に詰め寄られ、夏花は心中で東宮を非難する。内裏《だいり》では忍び歩きに気づかれることはなかったが、どうやらこの別荘では勝手が違《ちが》ったようだ。東宮妃《ひ》候補たちに簡単にばれてしまった迂闊《うかつ》さを、八つ当たり紛《まが》いに罵《ののし》る。

「何を話されたのか、教えなさいまし」

「いい加減に、妖騒動《あやかしそうどう》についても知っていることを言いなさい」

「できれば次にそのような機会があれば呼んでいただきたい」

要求が高くなっていく東宮妃候補を前に、夏花は桃恋鬼に託《かこつ》けてしまおうと決める。

「じ、実は……」

言葉を切って様子を窺うと、東宮妃候補たちは息を詰《つ》めて続きを待つ。

「桃恋鬼にお経が効くだろうかと、ご相談に上がられたのです」

東宮妃候補は、埒外《らちがい》の方向に話が及《およ》んだことで詰め寄るのをやめた。

「桃恋鬼が本当にいて、東宮さまに自ら近づいたとなれば、東宮さまも困ったお立場になってしまわれます」

あえて声を落とし、憂《うれ》う様子で目を伏《ふ》せると、東宮妃候補たちは考え込む様子をみせる。

「もちろん、東宮さまはそのような不徳のお方ではございません。ですが、泣君の怖《こわ》がりようをご覧になって、何かお心を安らかにせしめる方法はないかと、私にご相談をなさりに参られたのです」

名を上げた途端、泣君は視線を泳がせ両頰に手を当てる。

「え……？　うち、東宮さまに心配されとる？」

高く弾《はず》む泣君の呟きに、藤大納言は目を細めた。

「また泣き騒《さわ》がれては困るとお思いになったのではありませんこと？」

妖騒動の折、侍女《じじょ》共々泣いて怖がるだけに終始した泣君は、羞恥《しゅうち》で顔を赤くする。

「そ、そないなこと……っ。元はと言えば、桃恋鬼などという不気味な謂《いわ》れのある桃が藤原の別荘にあることが問題なのではないかしら？」

負けずに言い返す泣君に、今度は藤大納言が渋《しぶ》い顔になった。

「それで、夏花君。東宮さまが桃恋鬼についてどのようになさるつもりか、お聞きになったのだろうか？」

夏花一人を責める流れが変わったことで胸《むね》を撫《な》で下ろしていると、鳴弦君が出任せの落ちを求めた。

「いえ……、その…………。私も東宮さまも山門にはおりましたが、悪鬼《あっき》退散の行などは知りませんので、やはり、専門の者に任せることが、一番だと、結論づけました」

「専門の、者に……」

鳴弦君は、夏花の言葉を吟味《ぎんみ》するように呟いて黙《だま》った。

結局は、ただ東宮と隠《かく》れて話しただけになってしまい、夏花は自分が責められる以外の話に持っていかなければと考え込む。

東宮は藤原氏を疑って、この別荘へとやって来た。と同時に、東宮妃候補の家全《すべ》てを疑っている。

そんな相手に妖騒動の進捗《しんちょく》を伝えることなどできず、別荘で起きた事件に何者かの思惑《おもわく》が絡《から》んでいるかもしれないとは漏《も》らせせない。

　こちらの情報は与《あた》えずに、東宮妃候補たちから実家の思惑を探《さぐ》るのは、予想以上に難しく、突然《とつぜん》訪《おとず》れた機会に夏花は慌《あわ》てていた。

　不意に、泣君が手を打ち合わせ、夏花は肩《かた》を跳《は》ね上げる。

「夏花君、皆で読経《どきょう》をすれば、鬼《おに》は寄ってこないということはなくて？」

「……御仏《みほとけ》のお言葉ですから、邪悪《じゃあく》な者を避《さ》けることは、できるかと」

　確信はないが、できないことではないと夏花は考える。

　釈迦《しゃか》は修行《しゅぎょう》中に悪鬼の妨害《ぼうがい》を受け、それを撥《は》ね除《の》けている。読経の功徳《くどく》で鬼を退けることはできるかもしれない。

　何より、怖がりの泣君にとっては、精神安定の作用が期待できる。

　そう考えて、夏花も手を打ち合わせた。

「そうですね。泣君、素晴《すば》らしいお考えかと。日に二回、朝夕に皆で集まり読経をいたしましょう」

　今どうしても、東宮妃候補から疑惑《ぎわく》について聞き出さなければいけないわけではないのだ。

　読経を理由に呼び集め、話の中で少しずつ探っていけばいい。

「鳴弦君も、ご参加くださいますか？」

「私は鬼を恐《おそ》れてはいないが、それで泣君が安心なさるなら、つき合おう」

「な、そんな言いかたしたら……っ、私だけが怖がっているようではないの！」

怒《おこ》る泣君と困る鳴弦君から視線を逸《そ》らし、夏花は藤大納言《とうのだいなごん》にも声をかけた。

「藤大納言さまも、よろしいですね？」

「よろしくありません」

返った言葉に、夏花は動きを止める。

藤大納言は笑顔のまま固まる夏花から顔ごと視線を逸らした。

「わ、わたくしは鬼などを寄りつかせるような育ちではございませんの。鬼が恐ろしいというのなら、あなた方だけで読経をなさればよろしいわ」

思いの外《ほか》強い否定の言葉に、夏花は違和感《いわかん》を覚えて藤大納言を見つめる。

その間に、藤大納言の発言が気に障《さわ》った泣君が嚙《か》みついていった。

「まぁ、嫌《いや》だ。場の空気を壊《こわ》すばかりか、鬼のいる別荘《べっそう》を所有しておいて、鬼を寄りつかせないお育ち？」

「あら、泣君は怯《おび》えたり怒ったりとお忙《いそが》しいこと。仰りたいことがあるのなら、まずは歌の一つも投げかけてからになさらないと、風情《ふぜい》のない無味乾燥《むみかんそう》なお方と思われましてよ」

挑発的《ちょうはつ》に笑う藤大納言に、泣君は侍女に筆と紙を用意させる。応じて藤大納言は山の景色や小寝殿《こしんでん》に附随する庭が見えるよう、侍女たちに半蔀《はじとみ》を開けるよう指示する。

すっかり歌詠《うたよ》みに移行した周囲をよそに、夏花はまだ藤大納言を見ていた。

まるで、東宮《とうぐう》との逢瀬《おうせ》から話を逸らした自分のようだと、考えながら。

三章　拐《かどわ》かし

東宮妃候補での読経は保留され、夏花は小寝殿から壺庭《つぼにわ》のある棟《むね》に戻《もど》ろうとしていた。

「あれは……」

回廊《かいろう》から束《つか》の間見えた影《かげ》に、夏花は足を止める。

「……流…………っ？」

笠《かさ》を目深《まぶか》に被《かぶ》り、目から下を隠す覆面《ふくめん》。影としてしか見えなかったが、見知った姿に思わず声を漏らした。

すでに人影は山林に紛《まぎ》れ、見間違《みまちが》いかと思える静けさが返るだけ。

京にいるはずの文使《ふみつか》いがいるはずはない。そう思い始めた夏花の前に、木の葉が舞《ま》い落ちた。

「ご前を、失礼申しあげる」

いつの間にか、回廊の下で膝《ひざ》を突く流がいた。

流は東宮妃候補の誰《だれ》かを主《あるじ》として、内裏に忍び込む間諜《かんちょう》でもある。夏花が使う淑景北舎《しげいほくしゃ》が警備の穴になっているため、時折侵入《しんにゅう》しては門原に追い払《はら》われていた。

それだけなら不審者《ふしん》である流だが、夏花が落ち込んでいるのを見かねて声をかけてくる優《やさ》しさを持つ。

夏花は初見から助けられたこともあり、あまり警戒心《けいかいしん》を抱《いだ》かずにいた。

「え、本当に流？　どうしてここに……」

いるのか。そう聞こうとして、答えを考えつく。

この別荘は藤原家の持ち物であり、門原が侵入を断念するほどの警備が敷《し》かれている。

そんな中、門原に追い払われる流が入り込んでいた。それは、この別荘に入れる伝手《つて》があるからではないか。つまり、流は藤原を主家とする間諜であり、流の主は藤大納言。

「ん……？　あ、そうか。流が前に謝った、私を悩《なや》ませた事柄《ことがら》って、楽器の弦を切った藤大納言の侍女のことだったんだ」

「その節は、詫《わ》びの言葉では済ませられぬこととは存じ上げておりますが」

改めて謝ろうとする流に、夏花は回廊から身を乗り出す。

「謝らなくていいよ。あれは東宮が対処してくれたもの。それより、また文を届けに来たの？」

以前も流は内裏《だいり》に文を届けに忍《しの》び込んで来ていた。その文の一つが、藤大納言以外の東宮妃《ひ》候補たちを妨害する内容で、たまたま夏花が犯人扱《あつか》いされてしまったのだ。

前例を考えれば、流はまた何か企《たくら》みを連ねた文を届けに来たのかもしれない。

見つめる先の流は、膝を突《つ》いていることもあって笠しか見えない。表情も読めず、夏花は一度沢辺を顧《かえり》みた。

「沢辺、誰か来るようだったら教えて。――流は、立って顔を上げて」

沢辺が窘《たしな》める声を向けても、夏花は撤回《てっかい》しない。流はふと笑う気配を漂《ただよ》わせると、立ち上がって夏花を見上げた。

「お変わりがないようで。使用人たちの間では、ずいぶん鬼に怯える者たちがいたので心配しておりました」

「怖《こわ》がっている人もいるけど、私は、知っているから」

何と言わなくても、流は察したらしく、夏花のひと房《ふさ》短い髪《かみ》に目を細めた。

妖騒動《あやかしそうどう》の折、夏花は妖と言われる者たちが暗殺者であるのを確かに見ている。今回の桃恋鬼についても、人為《じんい》的な事件を疑っていた。

「やはり、桃恋鬼について自ら動かれるおつもりですか？」

「それは……、しない。東宮と約束したから私はしないけど、私以外が調べて、聞かせてくれたらいいなとは、思うんだ」

「姫《ひめ》さま……っ、門原どのもいないのに、何処《どこ》の誰とも知れぬ者を信用なさるのは危険です」

沢辺の苦言に、流も頷《うなず》く。

「妖騒動の際にもお伝えしましたが、私は主人を優先して動きます。そんな私になんの対価も示さず要求を告げるのは、利用される危険がありましょう」

「……そうやって言ってくれるなら、危険じゃないと思うんだけど？」

夏花の言葉に、流の目が苦笑《くしょう》に細められた。

「今回は、私も夏花君にお願いしたきことがございますので、お引き受けするのが吝《やぶさ》かではないというだけです」

「もしかして、桃恋鬼については流も調べる気だったから？」

あまりにすんなり頷く流に問えば、肯定《こうてい》も否定もせずに願いを口にした。

「私の存在を他言なさらないでいただきたい。もちろん、東宮妃候補さま方にも」

東宮妃候補と口にしたものの、そう言及《げんきゅう》するからには、流が漏《も》らしてほしくないのは藤大納言になのだろう。

「無用な問いには、お答えしかねます。故《ゆえ》に、是非《ぜひ》をお聞かせいただけませんか？」

詮索《せんさく》はするなとやんわり止める流に、夏花は頷いた。

「言わないよ。だからお願い。私の代わりに桃恋鬼を名乗る不埒《ふらち》者の正体を探って」

「承《うけたまわ》りました。……桃恋鬼の逸話《いつわ》は以前からあったのです。けれど、別荘にいらっしゃる方に悪さをしたという伝えはございません。何者かの思惑《おもわく》があるやもしれませんので、どうか身辺ご警戒《けいかい》を」

「わかった。東宮妃候補たちにもそれとなく、戸締《とじ》まりをしっかりするよう言っておくよ」

夏花が請け合《う》うと、流は困ったように首を傾《かし》げた。

「最も人が少なく、山に近いのはあなただというのに」

「あ、ごめん。もちろん、私も用心するから」

「責めたつもりはないのです。一番に他人を慮《おもんぱか》るそのお心の清さに感服いたしました」

言うと、流はもう一度膝を突く。

「それでは」

ひと言残すと、流は低い体勢で走り、山林の陰《かげ》の中へと消えて行った。


「東宮さま、追わせますか？」

東宮は、側近の言葉に首を横に振《ふ》った。建物の陰から眺《なが》める夏花は、流の行く先を見つめると、何ごともなかったかのように沢辺を連れてその場を離《はな》れる。

「あの藤原の間諜は、内裏と同じく泳がせましょう。妖騒動の時には長姫《おさひめ》を助ける動きをしたと、門原どのも言っておりました。暗殺者ではないが、何か情報を握《にぎ》っている可能性はある。藤大納言周辺と合わせて動きを注視すべきです」

東宮《とうぐう》は言いつつ、自らの腕《うで》を押さえるように握る。今は冷静さを取り戻せているが、夏花の足元に流が現れた時、思わず飛び出そうとしてしまった。

藤原の間諜が現れたと聞き、動向を探《さぐ》るため見張っていたが、まさか夏花が見つけるとは思わなかった。

「紫女御は帰ってしまわれましたが、やはり藤大納言《とうのだいなごん》が密命を受けている可能性をお疑いで？」

側近の問いに、東宮はもう一度、夏花がいた場所に視線を向けた。

夏花には東宮妃候補全《すべ》てを疑っているように言ったが、今回一番怪《あや》しいと睨《にら》んでいるのは藤大納言だ。

数ある藤原家の中でも、紫女御と同じ家の出身で、藤大納言の侍女《じじょ》が悪事を働いた前科もある。

元々、若君暗殺の黒幕として最有力視しているのが紫女御であり、花見の誘《さそ》いにはあえて乗った。夏花に言ったとおり、調べが行き詰《づ》まっている現状、相手からの動きを捉《とら》えて新たな手《て》掛《が》かりを得たかったのだ。

東宮妃候補も随伴《ずいはん》してとの誘いに、まず疑ったのが紫女御と藤大納言の結託《けったく》。

「藤原家としては、御子《みこ》のどちらが立っても外戚《がいせき》として問題はないでしょう。そこに、紫女御が溺愛《できあい》する御子を強く押せば、藤原の影響《えいきょう》をあまり受けていない私を廃《はい》そうと思うこともありえます」

藤大納言が最初から東宮妃として入っていれば、藤原家も東宮を廃する危険を冒《おか》す意味はなかっただろう。

「今上《きんじょう》陛下が、あえて藤原家以外から東宮妃を選び出す可能性があるのなら、東宮妃候補ごと私を退けようとするでしょう」

前東宮妃《さきのとうぐうひ》は、紫女御を始めとする高位の女性たちによる虐《いじ》めで身を細らせ命を落とした。東宮の生母である紫女御が立后《りっこう》しないのも、東宮時代の蟠《わだかま》りが影響していると囁《ささや》かれている。

東宮妃候補を選ぶ基準が、前東宮妃の生まれ変わりと宣言した時点で、藤原家は今上の怨《うら》み深さを思い知ったのだ。

「藤原以外の東宮妃候補のみを、退ける算段も考慮《こうりょ》なさいませ」

「わかっています。実際、藤原家の命令に従った侍女は、藤原の姫君《ひめぎみ》以外の東宮妃候補を陥《おとしい》れようとした。長姫個人が狙《ねら》われているとは言いがたい。だからこそ、ここでは大人しくしているという言質《げんち》を取ったのですが……」

言葉を濁《にご》す東宮に、側近も視線を泳がせる。

「……自ら間諜《かんちょう》に声をかけるとは。長姫の大人しいの範囲《はんい》は思いの外広かったと思うしかございませんね」

「紫女御に近づかない、桃恋鬼を探らないと約束したのですが。どちらとも違《ちが》う方向から危険に近寄るとは思いませんでした。私の読みの甘さです」

桃恋鬼の花枝が突き立てられたこと自体、まだ東宮にとっては想定内だった。

何かしらの形で事件は起こると確信していたため、鬼《おに》の呪《のろ》いなど恐《おそ》れることはない。

「ただ、使用人たちの怯《おび》えようは、どうしたことでしょう？」

別荘《べっそう》で働く者は、老若男女《ろうにゃくなんにょ》関係なく、鬼の呪いで東宮が死ぬと恐れているのだ。そんな雰囲《ふんい》気《き》に当てられたのか、警備の中でも不安がる声が上がっている。

「一日でこれは、怪しくもありますが。そうなると、やはり内に敵がいる」

東宮の呟《つぶや》きに、側近は心得た様子で頷いた。

「使用人の中に、ことを大きくする者がいると。東宮さまの風評を貶《おとし》める狙いでしょうか？」

「今、相手の狙いを決めつけるのは早計です。ですから、東宮妃《ひ》候補に一人ずつ、見張りを立てます」

「それでは、東宮さまの身辺が」

「夜の内だけです。長姫にはなるべく東宮妃候補と共にいるよう言ってありますから、日中は今日のように東宮妃候補同士で集まるようにするでしょう」

とは言え、流と接触《せっしょく》したような想定外の行動もするのが夏花だ。

「……明日、長姫にはもう一度釘《くぎ》を刺《さ》しに行きます」

「その際には、気づかれないよう山林を行くしかありませんね」

「そうですね。別荘として整備されている道は、何処《どこ》も東宮妃候補たちの目につくようだ」

夏花が藤原家に嫌《いや》がらせをされたのは、藤大納言と競《せ》り合えると見なされたからだ。

忍《しの》んで会いに行くなど、ばれれば東宮妃候補たちとその実家を刺激《しげき》する。本当なら、東宮自らが釘を刺しに行かずとも、側近の誰《だれ》かを差し向ければいい。

東宮は自らの口を押さえて自嘲《じちょう》する。

最初から、夏花に会わないという選択肢《せんたくし》がないことが、そもそもの問題なのだ、と。


深更《しんこう》。

東宮は正殿《せいでん》の御帳台《みちょうだい》で休んでいた。

鼓膜《こまく》を揺《ゆ》らす足音と声に、すぐさま枕元《まくらもと》の刀を握って身を起こす。

「なんだ……？」

耳を澄《す》ますと、警備たちが騒《さわ》ぐ声と動き回る足音がする。帳《とばり》を捲《めく》れば、控《ひか》えていた侍従《じじゅう》が、手燭《てしょく》を持って近づいて来ていた。

「何があったのですか？」

「わかりません。向こうだと叫《さけ》ぶ声がしました」

考えられるのは賊《ぞく》か。

だが、元から警備の多い別荘だ。さらに夜間は警邏《けいら》が必ずふた組正殿周辺にいるようにしていた。賊が侵入《しんにゅう》する隙《すき》はないはず。

ましてや、内から閉め切っている正殿に入るには、半蔀《はじとみ》や襖《ふすま》を破るしかない。手燭以外の灯《あか》りのない現状は、正殿にまで賊の手は及《およ》んでいないと考えるべきか。

「東宮さま、お目覚めでしょうか？」

外から声をかけられ、従者が応じる。声は聞き慣れた側近のもの。

「警邏が怪しき影《かげ》を見たと騒ぎ、ただいま捜索《そうさく》しております。正殿周辺には何者も潜《ひそ》んではおらぬことを確認《かくにん》しましたので、入室のご許可を」

中に入って詳《くわ》しく説明すると言う側近に、東宮は従者に頷《うなず》くことで応じた。

蔀《しとみ》を固定していた鉤《かぎ》を外すと、何やら側近と聞き慣れない声がする。

「万一のため、ここはあっしらが先に」

「いや、内から従者が開けるので、そのままにて待つように」

聞こえる金属音は鞘《さや》に納められた刀の音。どうやら、側近は警備の者を帯同しているらしい。

帳を下ろし、御帳台の中で待てば、従者が蔀を開いた。

暗かった室内に、紙燭《しそく》の赤い光が差し込む。

「室内を検《あらた》めさせていただいても？」

警備の者が側近に問う。東宮は帳の内を窺《うかが》う従者に頷いてみせた。手には刀を握ったまま、警戒《けいかい》は解かない。

入って来た警備三人は、紙燭を掲《かか》げて正殿の中を照らし始めた。

「あ……！」

途端《とたん》に、一人が声を上げる。そちらに注意を向けると、今度は別の警備が声をあげた。

「これはいったいなんですか！」

「何があったのだ？　報告せよ」

側近に命じられ、警備の者たちは見つけた小さな何かを手に持ち寄る。

帳越《ご》しの東宮には見えなかったが、側近が身を強張《こわば》らせるのは確かにわかった。

「……花弁…………？」

側近の呟きに、警備たちは慌《あわ》てた声を上げた。

「やっぱりこりゃ、あの桃《もも》の木の……っ？」

「あっちにぽつぽつっと落ちてたんですよ！」

「閉め切られてたってのに……。人間の仕業《しわざ》じゃない！」

「待て！　この暗さでは、まだ赤い花弁かどうかはわからん！」

側近に叱責《しっせき》されてなお騒ぐ警備を見ながら、東宮はいつ花弁が仕込まれたのかを考える。

就寝《しゅうしん》前にはそんな物なかった。仮住まいなので調度も少なく、警備が向かった先に花弁を仕込んでおける場所もない。

怪しい影は、一度正殿に忍び込んで逃《に》げる途中《とちゅう》だったのか。花弁だけを仕込んで東宮の命を狙わない訳とは。

東宮《とうぐう》は疑念を一度横に置いて、従者を呼び寄せた。

「すぐに正殿の中を検める。警備の者は一度外に出し、側近のみで施錠《せじよう》がなされていたかを確認する」

従者の指示で、外にいた側近たちが入り、代わりに警備が外へと出る。

施錠を確認しながら外し、月明かりを入れて床《ゆか》を確かめれば、確かに色の濃《こ》い桃の花弁が散らばっていた。

「全《すべ》て施錠されていたことを確認いたしました」

「開いていた襖の前では、私が不寝番《ふしんばん》を」

「侵入できる場所はない、か。だが事実、花弁はこうして落ちている」

東宮が思案げに呟くと、幾《いく》つもの衣擦《きぬず》れの音が控えの間に入る音がした。

「申し上げます、東宮さまはご無事でございますか？」

聞こえたのは、藤大納言《とうのだいなごん》の問いかけ。思わず、東宮はまたかと口にしかけた。

すぐに控えの間に行くと、頭から袿《うちき》を被《かぶ》り顔と姿を隠《かく》した女性たちが並んでいる。控えの間に三人、奥の回廊《かいろう》に続く次の間にいるのは侍女《じじよ》だろうが、暗くて見通せない。

庭で松明《たいまつ》を掲げて賊を探す警備たちの灯りのせいで、正殿の中の影は濃かった。

「東宮さま、ご無事で何よりでございます」

「また桃恋鬼が現れたと聞こえました」

声で、藤大納言と鳴弦君だとわかる。そう考えると、背の高い鳴弦君の後ろに怯え隠れるように立っているのは泣君だろうか。

考え、東宮は目を瞠《みは》る。

もう一度視線を走らせるが、それらしい反応をする者はいない。

「……東宮妃候補方は、三人だけでしょうか？」

「まぁ、夏花君は先に来ているものとばかり」

藤大納言が背後を振《ふ》り返ると、侍女たちも回廊のほうを窺う。

「夏花君？　いらっしゃいませんか？」

「一番遠いから気づかない、などということはないでしょう」

泣君の呼びかけに答える声はなく、昨日のことを思えば、鳴弦君の推測も正しいだろう。

瞬間《しゅんかん》、東宮は全身の血の気が引いた。

「まさか……っ」

侵入したにも拘《かかわ》らず、騒がせただけで手を出さなかったらしい賊。

これだけ警備が騒いで松明を焚《た》いているのに、姿を現さない夏花。

「すぐに、壺庭《つぼにわ》の棟《むね》へ行く！　動ける者だけ供を！」

叩《たた》きつけるように命じる東宮に、側近はすぐに応じる。

回廊へ出ると、東宮妃候補もついて来ようとしていた。

「姫君方《ひめぎみ》は寝所《しんじょ》へお戻《もど》りください」

同行を拒否《きょひ》する思いを乗せて告げると、東宮妃候補は足を鈍《にぶ》らせた。

「……っ、夏花君の寝所へ、殿方《とのがた》だけで向かわれるおつもりですか…………っ」

抗《あらが》うように声を上げた藤大納言に、適当な返しも思いつかない。

「でしたら、ついてこられる方のみいらしてください」

忠告はした。

東宮は焦《あせ》る思いのまま、小寝殿脇《こしんでんわき》の石段へと向かう。

元からあまり通りやすい道ではないが、夜である上に両脇に木々が迫《せま》る石段は暗く、足元が覚束《おぼつか》ない。

足元を照らそうとする従者を置いて行くように、東宮は石段を駆《か》け上がった。

木々が途切《とぎ》れ、棟の屋根が月光を照り返すのが見えてくる。

梢《こずえ》を揺らす夜風が吹《ふ》き下ろすと同時に、尋常《じんじょう》ではない悲鳴が聞こえた。

「お待ちなさい……！」

制止の声音《こわね》には、切迫《せっぱく》した響《ひび》きが宿る。

嫌《いや》な予感が当たってしまったことに歯噛《はが》みしながら進むと、泣き叫ぶような声が東宮の鼓膜を揺らした。

「姫さま……っ、姫さま…………！」

続くのは、戸を蹴倒《けたお》すような不穏《ふおん》な騒音《そうおん》。

石段を抜《ぬ》けて、壺庭の棟に辿《たど》り着く。同時に激しい音を立てて、石段側から見える妻戸が開かれた。

「あっ、うぅ……きゃ！」

体当たりするように妻戸を開けた沢辺は、勢い回廊に倒《たお》れ込む。その上、立ち上がろうとして体勢を崩《くず》し、そのまま回廊の手摺《てす》りの下から地面へ、肩《かた》から落ちた。

「沢辺……！」

駆け寄る間も、沢辺は痛むだろう体を酷使《こくし》して起き上がろうともがく。

「沢辺、長姫は……っ？」

「は……っ、東宮さま！」

倒れた沢辺へと身を屈《かが》めた途端、東宮は強い力で裾《すそ》を引かれた。

「お、お助けくださいませ！　姫さまが、姫さまが賊《ぞく》に攫《さら》われました！」

「な……っ、さら、われた？」

開いた妻戸に駆け寄り中を確かめる側近たちは、東宮の視線を受けて首を横に振る。

すでに夏花の姿は見えない。

「な、何が、いったい、何がございましたの？」

息も絶え絶えに藤大納言が問う横から、泣君が悲鳴染《じ》みた声を上げた。

「ち、血の臭《にお》いがいぃ、いたします……っ」

すぐに血臭の元を察した鳴弦君が沢辺へと膝《ひざ》を突《つ》く。

「足を怪我《けが》しているじゃないか。失礼、検めさせてもらう」

鳴弦君が傷口を確かめると、そこには血に濡《ぬ》れた、真っ直《す》ぐな斬《き》り傷があった。

「相手は刀を持った賊のようです、東宮さま」

すぐに沢辺の足を隠し、傷口を恐《おそ》れず上から押さえて止血をする。

東宮が立ち上がろうとすると、沢辺は傷口の圧迫《あっぱく》による痛みに顔を歪《ゆが》めながら言い募《つの》った。

「わ、私が狙《ねら》われたのです。それを、姫さまが庇《かば》われ、私も抵抗《ていこう》し、斬りつけられました。人の気配に慌てた賊が私に止《とど》めを刺《さ》そうとするのを、姫さまが身を挺《てい》して庇われ、賊は姫さまを害することを躊躇《ためら》っていました」

痛みに息を震《ふる》わせながらも、沢辺は己《おのれ》の役目を果たそうと必死に続ける。

「とにかくどちらか連れて行けという声に、怪我を負っていない私なら山の中も歩けると仰《おつしや》って、姫さまは、自ら連れて、いかれ……っ」

堪《たま》らず、沢辺は大粒《おおつぶ》の涙《なみだ》を零《こぼ》して声を詰《つ》まらせた。

「た、助けを……っ、求めよと、命じられて………！　きっと、東宮さまの助けが来るまでの、時間稼《かせ》ぎに自ら！」

沢辺に助けを呼べと言った夏花は、殺されないだろうという推測の下《もと》、自ら連れて行かれた。そうして賊に帯同することで、東宮が追いつくのを待っている。

聞かされた東宮はすぐさま立ち上がった。

「沢辺、賊がどの方向に逃げたかわかるか？」

「あちらに、山の中へと！」

「そうか」

短く応じて棟を回ろうとした先で、側近が行く手を阻《はば》んだ。

「お待ちください、東宮さま……っ」

阻んだ上で、側近は東宮が持つ刀を上から押さえつけた。

何故《なぜ》邪魔《じゃま》をするのか。不服の思いのままに睨《にら》んだ東宮は、側近に水を浴びせかけられるように囁《ささや》かれた。

「お役目を、忘れてはおられませんか？」

低く耳打ちされた声音には、真剣《しんけん》さがあった。

間近に見つめる側近の目には、何があっても止める意思が宿っている。

「東宮さま」

もう一度言い聞かせるように呼ぶ側近に、東宮は軋《きし》むほど歯を嚙《か》み締《し》めた。

「……………わかって、います……」

絞《しぼ》り出した言葉が、舌に苦く感じる。

握《にぎ》り締めた拳《こぶし》は冷たいのに、心臓はいやに大きく脈打っていた。

振り返れば、不安そうに身を寄せ合う東宮妃候補《とうぐうひ》たちや、状況《じょうきょう》がわからないのか辺りを見回して山林の陰《かげ》を松明《たいまつ》で照らそうとする警備たちがいる。

東宮が自ら危険に踏《ふ》み込むなど、愚《ぐ》の骨頂《こっちょう》。高い身分に見合った落ち着きと、人を動かす指揮能力を発揮しなければならない。

まず図《はか》るべきは自らと、次に位の高い者たちの身の安全。

東宮として、今言うべきことは何か。

考える頭の隅《すみ》で、今すぐ走り出したいと叫《さけ》ぶ衝動《しょうどう》を抑《おさ》えつけた。

まずは、余計な人間をこの場から遠ざけなければ、動けないのだと。

「この場にいる警備で五人ひと組を作り、一班は賊の逃《に》げた山林内で、痕跡《こんせき》を探しなさい。二班は姫君方の護衛をし、小寝殿《こしんでん》まで送り届けること。その後は、そのまま小寝殿の警戒《けいかい》に当たりなさい」

笑え、と東宮は己に命じる。

東宮になるはずだった若君なら、相手を思いやって、どんな辛《つら》い状況でも微笑《ほほえ》み安心させるよう心を砕《くだ》くはずだ、と。

「姫君方は窮屈《きゅうくつ》でしょうが、どうか、別荘《べっそう》内の安全が確保されるまで皆《みな》さまで身を守り合っていただきたい」

東宮はそのまま、行く手を阻んだ側近にも微笑みを向けた。

「正殿《せいでん》を中心に、別荘内の賊を探索《たんさく》するよう指示を。それとは別に、五人ひと組を三班、ここから山林への捜索《そうさく》に出します。松明を必要分手配してください」

警備を再配分するには時間がかかりすぎる。

それでも、このやり方しか夏花の捜索に人手は割《さ》けない。

今すぐ追いかけたなら追いつけるかもしれない。自らの手で取り戻《もど》せるかもしれない。そう騒《さわ》ぐ心を東宮は押し殺した。

「東宮さま、この夏花君の侍女《じじょ》は、私たちの手で介抱《かいほう》しても？」

「えぇ、お願いいたします」

鳴弦君の問いに頷《うなず》いた途端《とたん》、沢辺が身を起こそうとして、痛みに蹲《うずくま》る。回廊《かいろう》から受け身も取れず落ちたのだ。体を痛めているのだろう。

「わ、私も姫さまを……」

「無理をして、捜索する者たちの足手纏《あしでまと》いになることも考えなさいまし」

藤大納言《とうのだいなごん》の叱責《しっせき》に、沢辺は嗚咽《おえつ》を漏《も》らす。

「夏花君のことは東宮さまにお任せして、今は従うべきよ」

泣君も沢辺に声をかけ、小寝殿へ向かうよう東宮妃候補たちにも視線を送った。

身を縮めた姿は怯《おび》えているようだが、東宮妃候補たちが揃《そろ》っている現状、妖《あやかし》騒動《そうどう》の折に聞いたような狂態《きょうたい》を見せる気配はない。

東宮妃候補はこれでいい。

石段を降りて行く姿から目を逸《そ》らし、東宮は妻戸から室内を窺《うかが》った。

側近の紙燭《しそく》で照らされた室内は、夏花と沢辺の抵抗を物語るように荒《あ》れている。

沢辺が示した賊の逃走《とうそう》した方向には、松明を掲《かか》げた警備たちが集まっていた。

「さ、東宮さまもお戻りになりましょう」

侍従《じじゅう》の促《うなが》しに、頷きがたい。

そんな思いを抑え込むため目を閉じると、耳に微《かす》かな葉擦《はず》れの音を聞く。

東宮妃候補が去った石段に向かう音で何者であるかを推測し、東宮は縋《すが》る思いで声をかけた。

「待て……っ」

見つめる夜の樹陰《じゅいん》に、動く者はない。

それでも、命の危険に晒《さら》され続けて鋭敏《えいびん》になった感覚が、何者かがいると告げている。

「姿を現せ。今なら、罪には問わない」

逆に従わないなら罪とする。言外にそう告げると、樹陰の中から立ち上がる者がいた。

夜であるためかいつもの笠《かさ》はなく、顔を覆《おお》う覆面《ふくめん》も黒い物に変わっている。

藤原の間諜《かんちょう》である流が、感情の窺えない目をして佇《たたず》んでいた。

「東宮さま……っ」

窘《たしな》めるような側近に片手を上げて制すと、東宮は流に歩み寄る。

足を止めたのは、刀の間合いの一歩手前。踏み込めば、東宮も流も互《たが》いを攻撃《こうげき》できる距離《きょり》。

まるで受けて立つように、流は膝を突きもしなかった。

「変事が起こったことは聞こえていたはずだ。その上でこの場にいるお前を怪《あや》しまない道理はない」

答えない流は、ただ東宮の真意を見定めるように瞬《まばた》きさえしない。

「姫君《ひめぎみ》の誘拐《ゆうかい》に関《かか》わっているなら、今すぐ攫《さら》った者たちの下《もと》へと案内をしろ」

流は静かに首を横に振《ふ》る。

拒否《きょひ》とも取れるが、東宮も流が関わっていないことはわかっていた。

もし関わっているなら、東宮妃候補が去ると同時に動くはずだ。流は何か迷うように留《とど》まり、そして心乱したままに動いたため気取られた。

「今さらお呼び立てなさるご用件をお聞かせ願いたい」

流は覆面の下から感情の籠《こも》らない声を出す。

今さらというのは、内裏《だいり》の中では見逃《みのが》していたくせにという意味だろう。泳がされていた自覚がある。だからこそ、今の状況で姿を見せたのは、自らの主人に疑いが向けられないようにするため。

藤原家の所有する別荘で、藤原家の用意した警備に守られた中、藤原家にとって目障《めざわ》りな姫が攫われた。

これほど疑わしい状況はない。

流は言わずとも、従わなければならない現状を理解している。

これだけ聡《さと》い相手なら、と東宮は握り締め続けている拳を震《ふる》わせた。

東宮として言うべきことを、東宮と偽《いつわ》るための言葉を、焦《あせ》る感情を律して吐《は》き出す。

「手を貸せ。働き如何《いかん》によっては、内裏での罪を免《めん》じる」

「東宮さま！　そのような怪しき者に何を……っ」

制止の声を上げる側近を振り返らず、東宮は流を見つめた。

「私にも、お役目がございます」

「お前の主人ならこちらで守る。警備に乱れはなかった。であるにも拘《かかわ》らず、そなたがこうして侵入《しんにゅう》しているなら、山をわけ入ったのだろう？」

「ご明察」

「世辞はいい。——命令はただ一つ。攫われた姫君を捜《さが》し出せ」

「捜索に加われと捉《とら》えてよろしいか？」

流の目が鋭《するど》い光を隠《かく》すように細められる。

「違《ちが》う。今すぐに後を追い、救い出して、身の安全を確保せよ」

言っていて、難しい注文だと東宮自身思う。

思いはしても、やってもらわなければ、夏花が危ない。

相手は沢辺を狙《ねら》ったにも拘らず、夏花を連れ去った。目的が不明であり、連れ去った状況も突発的《とっぱつ》。場合によっては、夏花を始末して逃げに徹《てっ》する可能性がある。

夏花が、殺される。

想像した途端、東宮は息が詰《つ》まった。

「…………頼《たの》む……」

苦しい喉《のど》から絞《しぼ》り出した言葉は、側近には聞こえなかっただろう。

ただ目の前で片時も目を逸らさなかった流のみ、唇《くちびる》の動きで東宮の言葉を理解した。

瞬間《しゅんかん》、流は目を瞠《みは》って、一度瞼《まぶた》を閉じる。

そのまま手を上げると、顔の半分を隠していた覆面を首へと下ろした。

「……承《うけたまわ》りました。主人については、どうかご温情を」

一度膝《ひざ》を突《つ》き、臣従の姿勢を初めて示した流は、すぐさま立ち上がって覆面を戻す。

瞬間、差し込んだ月光に、流の刀傷の目立つ顔が白く照らされた。

物騒《ぶっそう》な刀傷に目を奪《うば》われるが、穏《おだ》やかそうな面立《おもだ》ちと、視線を下げるだけで漂《ただよ》う品の良さが不均衡《ふきんこう》な白い顔。

「……何処《どこ》かで、以前？」

会ったような、と呟《つぶや》き、東宮《とうぐう》は口を押さえる。言ってみたものの、流のような青年は記憶《きおく》にない。

流も戸惑《とまど》うような様子を見せたが、すぐに一度頭を下げるとまた樹陰に消えて行った。

「東宮さま……っ」

責めるような側近の声に、東宮は短く息を吐いて振り返る。

「苦言は後で、必ず聞きます。ですが今は、ことの終息を図りましょう」

逃《に》げとわかっていて、東宮は山林との境を調べる警備の者の下《もと》へと向かう。

背中に感じる視線の中には、心配をしてくれている気配も確かにあった。

これでは駄目《だめ》だとわかっている。東宮として正しい行いではない。

そうは思っても、今すぐ走り出したいと焦る気持ちを宥《なだ》める術《すべ》が他《ほか》になかった。

自ら望んで得た東宮という地位が、今ほど煩《わずら》わしく思ったことはない。

若君の仇《かたき》を討つためには、必要であり守らなければならない偶像《ぐうぞう》だったはずなのに。

若君のための復讐《ふくしゅう》か、若君が恋《こい》した夏花か。選べるわけがない。

固く握《にぎ》り締《し》め続けて感覚もなくなった手を、無理に開く。

爪《つめ》は皮膚《ひふ》に食い込み、一拍《いっぱく》置いて血が滲《にじ》み始めた。

「……俺は、どうすれば……」

この行動が正しいとは思えない。

聡明《そうめい》で優《やさ》しかった若君なら、どんな選択《せんたく》をしたのか。

「非才の俺では、わからない……」

東宮は己《おのれ》を責めるように呟くと、もう一度、抑《おさ》えきれない焦燥《しょうそう》と共に拳《こぶし》を握り込んだ。


「むぐぅ……っ」

荒縄《あらなわ》を噛《か》まされ、手を縛《しば》り上げられた夏花は、月明かりが差し込む山中に放《ほう》り出される。

素足《すあし》に刺《さ》さる枝葉の痛みを気にする余裕《よゆう》などなく、夏花はくぐもった呻《うめ》きを上げながらも、手近な木を背に身を起こした。

そんな夏花の様子を観察するのは、鬼面《きめん》を被《かぶ》った男が三人。

刀を差した三人の内一人の刃《やいば》には、沢辺を斬《き》りつけた血が残っているはずだ。

恐怖《きょうふ》で荒《あら》くなる息を殺して、夏花は逃げる機会を窺《うかが》っていた。希望的観測とはわかっていたが、沢辺を狙った刃は夏花を前に躊躇《ためら》いをみせたのだ。相手に東宮妃《ひ》候補を殺す意図はない。

不確かな予測とは言え、縋らなければ命の危険に身が強張《こわば》り動けなくなる。

不意に、何かに気づいた様子で鬼面の賊《ぞく》の視線が夏花から逸《そ》れた。好機かと腰《こし》を浮《う》かせかけた夏花は、状況《じょうきょう》が悪くなったことを知る。

鬼面を被った新手が、さらに三人現れたのだ。

「おい……っ、なんだその女は！」

低く殺気の籠った声に、夏花は肩《かた》を跳《は》ね上げた。

「侍女《じじょ》を殺してくるはずだろうが」

「待てよ、この顔見覚えがある。橘の姫のほうか！」

鬼面で表情は読めないが、夏花は新手三人が襲《おそ》って来た三人を責めている雰囲気《ふんいき》は察せられる。同時に、何故《なぜ》自分の顔を知っているのかと息を詰めた。

「予定と違いすぎるだろう……っ。一体何があったんだ？」

夏花を攫った三人の内、二人は俯《うつむ》きがちに一人を見た。それは、夏花が身代わりになると沢辺を庇《かば》った時に、迷わず夏花を攫って逃げた鬼面の賊。

「東宮妃候補を連れて来たんじゃ、守りを固めさせるどころか、大々的な捜索《そうさく》が始まるぞ！」

「殺したところで東宮妃候補じゃ、東宮も京に逃げ帰る。説明をしろ……っ」

責められる鬼面の賊三人は、最初は予定どおり、壺庭《つぼにわ》に屋根を越《こ》えて侵入したと言った。

「それが、寝《ね》てる間に忍《しの》び込むはずが、廊下《ろうか》の軋《きし》み一つで、すぐに起き出したんだよ」

夏花と沢辺の動きが迅速《じんそく》すぎて、忍び込むはずが侵入を気取られてしまったと言う。

「それに、どっちも同じような恰好《かっこう》で見分けがつかねぇし。片方を庇ったから、庇った奴《やつ》が侍女だと思ったら、庇われたほうが姫さまって呼ぶしよ」

予想外の動きに、どちらが標的の侍女であるのか迷ったらしい。

夏花は、息を殺して耳をそばだてる。同時に、手と口を縛る荒縄を解こうと奮闘《ふんとう》していた。

「……俺たちだけのせいにするんじゃねぇよ」

夏花を連れ去った鬼面の言葉に、辺りを包む緊張《きんちょう》が増す。

「そっちこそ、人目を集めて時間稼《かせ》ぐ手はずだろうが。なんであんなにすぐ人が来たんだよ。こっちだって、女二人のどっちが標的か探《さぐ》る暇《ひま》もなかったんだ」

責めていた側の鬼面の賊は、足止めできなかったことを追及《ついきゅう》され言葉を鈍《にぶ》らせた。

「東宮の奴が、いきなり走って行ったんだよ。東宮妃候補が一人足りないってだけで、いきなりだぜ？　しかもぞろぞろ女どもまでついて行って。止める暇もありゃしねぇ」

夏花は恐怖と痺《しび》れで震える顎《あご》に力を込めた。

東宮は、騒ぎにやってこない自分に気づいて異変を察したのだ。怪我《けが》をした沢辺を見つければ、すぐにでも助けに来てくれる。

そう思える心強さに、夏花は多少の冷静さを取り戻《もど》した。

同時に、賊の語る言葉に目を瞠る。

まるで、すぐ近くで東宮を見ていたかのように話しているのだ。

夏花は、月明かりしかない暗い山林で、鬼面の賊を凝視《ぎょうし》した。何か、得られる手がかりはないかと。

「くそっ、女二人だけで狙いやすいって話だったろうが……っ」

予定が違いすぎると、賊の一人が吐き捨てた。

身じろぐ度《たび》に聞こえるのは、鞘《さや》と鍔元《つばもと》が触《ふ》れる刀の音。

東宮の様子を窺えるほど側《そば》にいて、武装を許され、夏花の顔を知りながら、沢辺とすぐには区別がつかない程度の相手。

「女の片方が、自分からついてくるって言うから、こうして連れて来たんだよ。どうせ殺すならどちらでも構わないだろう？」

夏花を連れて来た鬼面の賊が、刀の柄《つか》を握る。

そんな賊に、仲間内から叱責《しっせき》が飛んだ。

「構うから侍女だって決めたんだろうが。ここを逃《のが》すと東宮に近づけねぇ。さっきも言ったが、東宮妃候補を殺すと京に逃げられるんだよ！　だいたい、東宮殺すだけでも厄介《やっかい》だってのに。別の貴族にまで手ぇ出して、罪科増やしてぇのか！」

賊の怒声《どせい》に、夏花は自由になる思考を忙《いそが》しく働かせた。

鬼面の賊の狙《ねら》いは東宮だ。

そして、この別荘《べっそう》を離《はな》れれば東宮に近づけない者、それは別荘の警備につく者たちではないだろうか。

守りを固めさせるために沢辺を殺そうとしたのなら、死人を出して警戒《けいかい》を強めさせることで、警備に潜《ひそ》む鬼面の賊がより東宮に近づく機会を狙ってのことか。

そう考えると、何故賊が鬼面で顔を隠《かく》しているのか、想像がつく。

この鬼面の賊こそ、桃恋鬼を騙《かた》る暗殺者なのだ。

警備に紛《まぎ》れているのなら、桃園《ももぞの》を警備する者が花枝を折り、正殿《せいでん》を警備する者に渡《わた》して御帳《みちょう》台《だい》の前に仕込むこともできるだろう。

となると、沢辺を殺して桃恋鬼の仕業《しわざ》に見せかけるつもりだったのか。灯《あか》りのない室内で見れば、確かに鬼《おに》にも見えるかもしれない。ただ必死の抵抗《ていこう》を試みた時に、すでに相手が迷いを見せるくらいには思考のある相手、人間だとわかっていた。

鬼面の賊の企《たくら》みは、すでに破綻《はたん》している。

仲間内で揉《も》める今が好機と、夏花は縛られた手を持ち上げて、猿轡《さるぐつわ》代わりの荒縄を顎の下へとずらした。

「あなた方、もはや愚《おろ》かな企みはお捨てなさい」

夏花を殺せない理由が東宮妃候補という地位であるなら、貴族らしく振《ふ》る舞《ま》うべきだ。夏花は声が震《ふる》えないよう精いっぱい腹に力を込めた。

荒縄を外した夏花に警戒した鬼面の賊は、予想外に冷静な声を発した夏花に瞠目《どうもく》する。

「今なら私への無体は許しましょう。東宮さまへの不埒《ふらち》な企みも、未遂《みすい》で済みます。このような大それた企みの全貌《ぜんぼう》を東宮《とうぐう》さまにお話しして、慈悲《じひ》を請《こ》いなさい。あの方はお優しいので、あなた方が包み隠さず真実を話すのなら、情状酌量《しゃくりょう》をなさってくださるでしょう」

静まり返った鬼面の賊に、夏花の心臓は破裂《はれつ》しそうな勢いで脈打つ。

鬼面に隠れて表情がわからず、説得に耳を貸しているのか、最初から聞き入れるつもりがないのかさえわからない。

「東宮さまに、直接申し上げるのが恐《おそ》れ多いというのなら、私が――」

「は……っ、とんだ見当違《けんとうちが》いな説得だな」

夏花を攫《さら》った鬼面の賊がそう失笑《しっしょう》した。

「よぉ、お姫《ひめ》さま。これに見覚えはねぇか？」

左の袖《そで》を肩まで捲《まく》り上げた賊の二の腕《うで》には、月光でもわかる真っ直《す》ぐな傷があった。まだ塞《ふさ》がり切っていないのか、薄皮《うすかわ》の張った傷口は他《ほか》の肌《はだ》と目に見えて色味が違う。

「それとも、あんたにやられたこっちを見せたほうが思い出すか？」

言って、鬼面の賊は括《くく》り袴《はかま》に覆《おお》われた太腿《ふともも》を指す。

左腕にあったのは刀傷。太腿にも傷があるのだろうが、夏花にやられたと賊は苛立《いらだ》ちを内包した声で言った。

東宮妃候補として過ごす中で、他人に傷を負わせた記憶《きおく》など一つしかない。

「まさか……、妖騒動《あやかしそうどう》で東宮を襲っていた、あの賊…………？」

「覚えててくれてどうも。あんたのお蔭《かげ》で、この傷が膿《う》んで大変だったんだ」

東宮に斬《き》りつけられた太腿を、夏花は抵抗できなくさせるために燭台《しょくだい》で力いっぱい叩《たた》いた。明らかに出血は増し、傷口は斬られただけよりも酷《ひど》い状態になったことだろう。

やらなければ、東宮が殺されていた。夏花は必死の抵抗を後悔《こうかい》はしない。

けれど、今目の前にいる暗殺者に激しい殺意を向けられれば、身は竦《すく》んで説得の言葉などそれ以上出ては来なかった。

「つまり、俺たちゃ未遂なんかじゃ済まないんだよ。わかったか？　あんたが邪魔《じゃま》さえしなけりゃ、こんな茶番をもう一度やる必要もなかったってのに」

「おい、まさかお前。あの時の怨《うら》みでわざとその女連れて来たのか……っ」

そう難詰《なんきつ》する仲間に、夏花を怨む鬼面《きめん》の賊《ぞく》は答えない。私怨《しえん》で夏花を攫ったと肯定《こうてい》しているような沈黙《ちんもく》だった。

「馬鹿野郎《ばかやろう》！　東宮妃《ひ》候補を殺してまた東宮を逃《に》がせば、今度は俺たちが殺されるんだぞ！二度目の失敗は許されない……っ」

仲間から非難の言葉を向けられながら、私怨を抱《いだ》く賊は肩《かた》を竦めてみせた。

「東宮が京に戻らなけりゃいいんだろ？　だったら、このまま攫ったことにしておけばいい」

「……どういうことだ？」

「ここで東宮妃候補の姫が一人攫われて、何もせずに東宮が京に帰れると思うか？」

東宮妃候補が桃恋鬼に攫われたのに、東宮が捜索もせずに京に帰ることはできない。帰れば、臆病者《おくびょうもの》、無責任と見なされ、東宮に相応《ふさわ》しくないという誹《そし》りを免《まぬが》れないだろう。

「そうか。こいつの捜索に人手を割《さ》かせれば、俺たちだけで東宮の周辺を囲める」

鬼面の賊が頷《うなず》く様子に、夏花はまた一つ情報が手に入ったことに気づく。

別荘を囲む三重の警備が、全《すべ》て敵ではない。

鬼面の賊が妖騒動を起こした者と同じであるなら、その数は今いる六人では足りない。とは言え、妖騒動で確認《かくにん》された賊は多くても百人弱。賊ではない警備のほうが多いと考えられる。

「だったら、この姫は何処《どこ》に隠す？　見張りも立てなきゃならねぇな」

「ふん、必要ねぇよ」

相談を始めようとする仲間に、左腕の傷を晒《さら》した鬼面の賊が暗く笑った。

「これだけ話を聞かれて、生かしておく理由もないだろ。見張り立ててこっちの人数減らすより、殺して埋《う》めて二度と喋《しゃべ》らないようにするほうが早いってもんだ」

賊はそう言うと、刀の鍔に指をかけた。

「だが、東宮妃候補にまで手をかけちゃ、後々余計な恨《うら》みを買うだけだぞ」

「いや、橘家程度なら、どうにでもなるんじゃないか？　血縁《けつえん》に大臣がいる源氏《げんじ》筋《すじ》の姫よりずっとましだろう」

左腕に傷のある賊の提案に、乗る様子を見せる者も現れ出す。

まだ東宮妃候補を殺すことに尻込《しりご》みする仲間に向けられたのは、脅《おど》しにも似た言葉だった。

「これ以上の失敗は、俺たちの死だろう？　だったら、この状況《じょうきょう》を活《い》かして東宮殺す手を考えろよ」

そうでなければ死ぬしかない。

厳しい現状を突《つ》きつけられた鬼面の賊は、一人、また一人と頷き始めた。

「そうだな。殺して埋めたほうが手間はない」

「捜索《そうさく》を出されても、死んでるなら余計な心配もないしな」

「東宮さえ殺せば、後は上がどうにでもしてくれる」

「あぁ。だいたい、東宮妃が立つこと自体、上からすれば厄介だ」

「だな。これで呪《のろ》われた東宮を恐れて、他の東宮妃候補が実家に帰るなら重畳《ちょうじょう》だ」

雇《やと》い主への言い訳も立つだろう。

そう話し合う暗殺者たちは、自分たちの考えではなく、誰《だれ》かの命令で動いている。

夏花は、もはや震える声を繕《つくろ》えなかった。

「い、いったい……っ、誰がこんな大それた企みを…………？」

せめて話を長引かせて、東宮の助けが来るのを待たなければ。そう考えての問いだったが、もはや鬼面の賊は腹を決めてしまっていた。

左腕に傷のある賊が、夏花に一歩近づき刀を抜《ぬ》く。

咄嗟《とっさ》に立ち上がった夏花だが、他の鬼面の賊が、逃走《とうそう》を阻《はば》むように左右に広がった。

沈黙が恐ろしい。

刃《やいば》が、月光を反射して白く光る。

せめてもの抵抗で、縛《しば》られた手を胸の前に上げた。

そんな些細《ささい》な抵抗を、鬼面の賊は嘲笑《あざわら》う。

「……死ね…………」

「嫌《いや》だ……！」

言葉だけでも夏花が抵抗を示した瞬間《しゅんかん》、鬼面の賊たちの背後で激しく木々が鳴った。

「まさか、もう捜索が……っ？」

全員の視線が木々の向こうに向いた途端《とたん》、夏花の左側を塞いでいた賊が突然倒《とつぜんたお》れ込んだ。

「走ってください！」

腕を引かれ、かけられた声に、夏花は目を瞠《みは》る。

「……な、流っ？」

「くそ、逃げたぞ！　相手は一人だ！」

背後から迫《せま》る怒声《どせい》に、夏花は流に縛られた手を引かれながら必死に暗い山林を駆《か》ける。

斜面《しゃめん》を突っ切るように走り、獣道《けものみち》を辿《たど》り、山肌《やまはだ》の露出《ろしゅつ》した坂を滑《すべ》るように降りた。月光以外に明かりのない山林を、流は迷わず走って行く。

けれど鬼面の賊も諦《あきら》めず夏花を追って、距離《きょり》を詰《つ》めてきていた。

「夏花君、跳《と》んでください！」

流の指示と動きに合わせて大きく跨《また》ぐように跳び、そのまま走る。すると、突然振《とつぜんふ》り返った流に乱暴な勢いで横に引かれた。

瞬間、背後で呻《うめ》き声と綱《つな》が切れる音が上がる。

「ぎゃ……っ、ぐあ……！」

見れば、黒っぽい縄《なわ》が千切れて宙を舞い、鬼面の賊は足を取られた先頭二人が転び、さらに後続がその上に倒れ込んで、斜面を転がり落ちていく。なんとか残った賊も動きを止めていた。

「今の内です！」

流に手を引かれ、また山林を走り出す。

「くそ、どけ！　お前ら！」

「邪魔だ！　おい、待て！」

背後に聞こえる怒声が遠ざかる。

そう思った瞬間、怨恨《えんこん》を込めた獣の咆哮《ほうこう》にも似た声が放たれた。

「覚えてろ！　この周辺から逃げられると思うな。もし、東宮の周りに戻《もど》ってきたら、その時は必ず殺してやる！」

その声は、夏花に私怨を抱く賊のもの。

夏花は叩きつけられる殺意から逃《のが》れるように、夜の中をひた走った。

四章　迎えの牛車

「……絶対、沢辺が荒《あ》れてますよ、姫さま」

珍《めずら》しく頭を抱《かか》えた門原は、低く呟《つぶや》く。

流に鬼面の賊から助けられた夏花は、門原が借りた小屋に身を隠《かく》した。

外はまだ暗く、漏《も》れないよう小さな灯りを点《とも》しただけのひと間。目隠《めかく》しもない室内で、夏花は門原と流に背を向けてもらい、汚《よご》れた足を洗っていた。

攫《さら》われた経緯《いきさつ》や鬼面の賊から聞き出した情報を伝えると、門原は最初に沢辺への心配を口にする。

夏花が黙《だま》ると、門原は隣《となり》に座る流の首へ乱暴に腕《うで》を回した。

「おい、逃げるために縄張る余裕《よゆう》があるなら、姫《ひめ》さま殺すって言った馬鹿《ばか》の一人くらい仕留めとけ」

ふざけたような口調だが、門原の声には殺気が宿っていた。

「六対一で、それは……。優先すべきは夏花君の安全かと」

「それでもだよ……っ」

流の正論に、門原は忌《い》ま忌ましげに吐《は》き捨てる。

「門原どの、流を責めないで」

「……わかってますよ、姫さま」

夏花が窘《たしな》めると、門原は流を拘束《こうそく》していた腕を外した。

夏花は洗った足の傷を、自ら手当てし始める。裸足《はだし》で山中を走った時には必死で気づかなかったが、石や枝を踏《ふ》んだ足の裏は見たこともないほど傷だらけになっていた。

「痛……っ」

「姫さま、灯りそっちにやりましょうか？　手当て済んだら、これも消しますんで。疲《つか》れてるでしょうから、寝《ね》てください」

門原が目を向けないようにしながら、灯りを押しやってくれる。流は門原に拘束された時以外は微動《びどう》だにしない。

「寝てなんて、いられないよ」

足の裏に布を当てて、しっかり縛りつけた夏花は、意を決して門原の背に告げた。

「妖《あやかし》騒動《そうどう》を起こした賊《ぞく》は、今も警備に紛《まぎ》れて東宮《とうぐう》の側《そば》で暗殺の機会を図っているんだ。すぐにでも別荘《べっそう》に戻って東宮に報《しら》せないと」

鬼面《きめん》の賊が言っていたように、東宮は捜索の人手を出しているかもしれない。そうなると、警備に紛れた賊が手を回して東宮を囲んでしまう。

焦《あせ》る夏花の声を聞き、流は振《ふ》り返らないまま諫《いさ》めの言葉を向けた。

「夏花君、ご自身も危険にさらされている自覚がおありですか？　狙《ねら》われているのは東宮さまのみではありません」

流に指摘《してき》された夏花は、賊の放った怒声を思い出す。

別荘に戻れば必ず殺す。

それは夏花を標的とする確かな宣言だった。

今なお、危機を脱《だっ》していないと告げる流の言葉を受け、夏花は自分の身を抱《だ》いた。

夏花が身を竦《すく》めたのを肩越《かたご》しに見た門原は、太い肘《ひじ》で流を小突《こづ》く。流は黒い覆面《ふくめん》で顔を隠したまま、一度夏花を窺《うかが》い、門原に向け眉《まゆ》を顰《ひそ》めた。

「側近や従者に囲まれた東宮さまよりも、この場に私とあなたしかいない夏花君のほうが、危険度は高いと推察しますが？」

「なんだ、お前も頭数に入れていいのかよ？」

門原が問えば、流は逡巡《しゅんじゅん》するように目を伏《ふ》せた。

「……東宮さまに、夏花君の安全を確保せよと命じられましたから」

「東宮が、流に？　え、流はそれに従ったの？」

思わぬ言葉を聞き、夏花は目を瞠る。

夏花が知る限り、流は東宮にあまり良い印象を持ってはいない。その上、流の主《あるじ》は賊の紛れた警備の中にいる。東宮に命じられたからと言って、夏花を優先させていいのだろうか。

肩越しに見ていた流は、そんな夏花の心中を表情で読み取った。夏花に向き直ると、膝《ひざ》の前に拳《こぶし》を突《つ》いて頭を下げる。

「今、賊が狙うのは東宮さまと夏花君です。二兎《にと》を追う者は一兎をも得ずとの謂《いわ》れもあります。私怨《しえん》で衝動《しょうどう》的に東宮妃《ひ》候補にまで手を出す身元不明の賊ですが、あなた方が狙われる以上、私の主人にまで手を伸《の》ばす余力はないでしょう」

「姫さまが何も知らないままなら、逃《に》げられたことに見切りつけて、他《ほか》の東宮妃候補の侍女《じじょ》を襲《おそ》う可能性もある、か。つまりは、うちの姫さま囮《おとり》に、お前んとこの姫さまの安全が担保されるって言いたいわけだ？」

門原の詰《なじ》りに、流は黙って頭を下げ続けた。

夏花は、荒縄《あらなわ》が擦《す》れたために痛む手首を摩《さす》りながら、流を見つめた。

「うん、理由もわからず助けてくれるって言うよりは、藤大納言《とうのだいなごん》さまのためって言ってくれたほうが、安心できるかな。囮っていっても、私を賊に突き出すつもりじゃないみたいだし」

「そのようなことは……っ」

「したら、俺がお前を潰《つぶ》すからな」

否定しようとする流の肩《かた》を摑《つか》んで、門原が凄《すご》む。流は肩を摑まれたままながら、門原から身を遠ざけようと身じろいだ。

「門原どの、流を脅《おど》す必要はないだろう？」

「いや、姫さま。考えてもみてくださいよ？　藤原家の別荘でことは起こってるんですから。藤原の間諜《かんちょう》が、また、嚙《か》んでる可能性は捨てきれないでしょう」

また、と強調され、流は反論を飲み込むように目を閉じた。

「流も、桃恋鬼のこと調べようとしてたんだし、違《ちが》うよね？」

夏花の問いに、流は目を開けたが下を向いたまま答える。

「私は、別荘での様子を観察し報告せよと、命じられました」

「そこに来て、桃恋鬼の騒動か？　つまり、藤原家が画策して、ことの成否を確認《かくにん》してこいって命じられたかもしれないってわけだ」

責めるような言葉遣《ことばづか》いに、門原を止めようとした夏花は、目顔で任せるよう求められ、口を閉じるしかなかった。

「で？　東宮に命じられて、お前は何処《どこ》まで手を貸すつもりがあるんだ？」

東宮という殿上人《てんじょうびと》の命令が、果たして主家の思惑《おもわく》を凌駕《りょうが》するのか。門原が突きつけた言外の問いに、流は真っ直《す》ぐ視線を上げた。

「私の主人は、東宮さまや夏花君の危機を望んではいらっしゃらない」

東宮の命令でも、主家の思惑でもなく、ただ主人と仰《あお》ぐ姫の意志に添《そ》う。迷わず告げた流に、門原は眉を上げた。

「じゃ、姫さまを守るためにも、お前が調べた別荘の様子を教えてもらおうか。実際、数いる警備の中から、鬼面被《きめんかぶ》ってた奴《やつ》らの仲間を捜《さが》せるか？」

「難しいと言うほかありません。それこそ、夏花君を囮に誰《だれ》が襲ってくるかを見定めるくらいしか、手がないでしょう」

流の言葉に、門原は肩を竦めて却下《きゃっか》の意志を示す。夏花としても、自分の身を守れない以上、門原の考えに異を唱えるつもりはない。

「今回の別荘の警備は、藤原家だけではなく、他家からも人を借りているのです。紫女御さま、東宮さま、そして東宮妃候補さま方が京の外に一堂に会すのなら、どんな間違《まちが》いが起こってもいけないと、警備を厚くしたはずなのですが」

その警備の中に賊が紛れている現状。

「家名はわかるか？」

「いえ、全《すべ》ては。しかし確認したところ、東宮妃候補さま方のご実家は全て人を出しています」

流の言葉に、夏花は門原と顔を見合わせた。愛人の子としていびられたので、全くと言っていいほど連絡《れんらく》を取っていなかったが、一応は東宮妃候補の実家という意識はあるようだ。

他家に侮《あなど》られまいという見栄《みえ》のためだろうが、警備に人手を割《さ》いていたらしい。

「……橘家から派遣《はけん》された警備は、信用できますか？」

訝《いぶか》る流の問いに、夏花は門原と揃《そろ》って首を横に振った。

「そう、ですか。でしたら、警備は全て敵かもしれないと疑うべきでしょう」

「怪《あや》しい動きしてる奴らなんかいなかったのか？」

「警備が持ち場を離《はな》れるような動きは見受けられませんでした。怪しい……、とまでは言えませんが、東宮妃候補さま方は、何故《なぜ》か正殿《せいでん》で騒《さわ》ぎが起こる前に起き出していらっしゃいましたね」

「へぇ、姫自身が実家から命じられて暗殺者を引き入れた可能性もあるわけか」

門原の不穏《ふおん》な言葉に、流は強い視線を据《す》えた。

「確かに、状況《じょうきょう》からして最も疑わしいのは藤原家でしょう。ですが、私の主人は決してそのような後ろ暗いことはなさいません」

きっぱりと否定する流からは、主人と仰ぐ藤大納言への信頼《しんらい》が窺える。

「となると、俺たちに外からできることはない。中の様子を窺って、相手の動きを探《さぐ》るしか手はないな」

そう言った門原は意味ありげに流を見た。

「わかりました。私も東宮さまに夏花君の無事を報せに参ります。昨夜の警備の動きをできる限り探って参りましょう」

少なくとも六人、警備の中に持ち場を離れた者がいる。

一人別荘へ戻《もど》ると言う流に、夏花は慌《あわ》てた。

「流も姿を見られてるんだから、危ないよ！」

「お心遣《こころづか》いありがとうございます。ですが、そう簡単に敵に見つかるようでは、文使《ふみつか》いはできません」

「文使いってのは、そういう仕事じゃないだろ」

門原が茶化すのを聞き流し、流は夏花を見つめて笑《え》みに目を細めた。

「夏花君の侍女どのの容体についてもお聞きいたしますので、不自由でしょうがお待ちください」

「う、うん……」

流のほうこそ気遣いを口にして、静かに小屋を後にして行った。

「さ、姫《ひめ》さま、ちょっと横になりましょう。自覚ないかもしれませんが、疲《つか》れたお顔してますよ」

薄《うす》い布団《ふとん》を敷《し》いた門原に勧《すす》められたが、夏花は首を横に振《ふ》った。

「眠《ねむ》くないし、ちょっと、考えたいことがあるんだ」

流は東宮《とうぐう》の命令で助けに来たと言っていた。東宮なら助けてくれる、そう信じて、今まさに生きている。

考えると胸が熱くなった。同時に、そんな東宮が危険の中にいることが、とても歯痒《はがゆ》い。

「……何か、報《むく》いることはできないかな」

これで、命を助けられたのは二度目。

妖騒動《あやかしそうどう》で火に巻かれた時も、東宮は身を挺《てい》して助けてくれた。

助けられるばかりでなく、少しでも、東宮の助けになりたい。こうして問題の外で隠《かく》れているしかないのかと、夏花は頭を悩《なや》ませた。

そんな主人の姿に、門原は顎《あご》を撫《な》でて嘆息《たんそく》する。

「いやぁ、若君のことで落ち込むよりもましだとは言ってもですねぇ」

若君の、と言われた夏花は、自然と門原を見る。死んでいたと聞いて、腑《ふ》抜《ぬ》けてしまったのは、まだひと月前のこと。

「姫さま、少し落ち着きましょうや。勇んだって、人間一人にできることなんて高が知れてるもんですよ」

夏花の思考など手に取るようにわかると言わんばかりに、門原は苦笑《くしょう》してみせた。

「私に、できることはないかな？　助けられてばかりなんだ……」

心中を素直《すなお》に伝えると、門原は布団を指し示す。

従わなければ答えはもらえないと察した夏花は、布団に横になった。

「まずですね、こうして姫さまが生きて逃《に》げ果《おお》せたことが、東宮にとっちゃ好都合なんです」

枕元《まくらもと》で胡坐《あぐら》を掻《か》いた門原は、夏花の疑問に答えた。

「賊《ぞく》は姫さまを捜索《そうさく》する人手を割かせて、東宮の周りを自分たちで固めるってなこと言ってたんでしょ？　今、姫さまが逃げたことで、賊には反対のことが起こってるんですよ」

「反対……？　あ、そうか。私が生きて情報を握《にぎ》ったまま逃げたから、賊のほうが捜索の人手を割かなきゃいけないんだ」

こうして隠れていることが、何よりも鬼面《きめん》の賊を牽制《けんせい》できる。

東宮へは流が警告してくれることだろう。東宮なら警備の身元を調べる権限がある。

夏花ができる最善は、ここで静かに東宮がことを解決に導くのを待つこと。

「…………不満顔ですな」

「わかってるんだ。東宮は流から話を聞けば、ちゃんと対処する。鬼面の賊が妖騒動を起こした相手なんだから、逃がす手はない。わかってる。わかってるんだけど……」

敵のただ中に東宮がいると思うと、落ち着かない。

「なんて言うのかな？　今のほうが、攫《さら》われた時よりも、嫌《いや》な気分だ。きっと私は、身の危険を感じる場所に投じられるより、こうして何もわからないまま、最悪の事態を想像し続けるほうが、ずっと恐《おそ》ろしいんだ」

横になると体が重く、思考が鈍《にぶ》くなる。自分の胸の内を言葉にするにも、難儀《なんぎ》した。

「東宮の、無事な姿が、見たいな……」

狙《ねら》いは東宮なのだ。自ら危険に身を晒《さら》し、自分を餌《えさ》にした釣りだとさえ言った。そんな東宮がちゃんと自分の身を守るために動いてくれているかが心配だった。

「風に飛ばされる、羽根みたいでさ……。一度手を放すと、もう戻ってきてくれない、気がするんだ。だから、側《そば》で、私が………」

近いのに遠い。東宮は夏花の安全を慮《おもんぱか》ると同時に、決して隣《となり》には立たせてくれないような距離《きより》を保とうとするのだ。巻き込んでくれていい、東宮を知りたいと言っても、東宮は隣に立とうとする夏花を、押し留《とど》める。

距離感があるからこそ近づきたいと願う夏花のもどかしさは、眠気《ねむけ》と共に胸の内で渦《うず》を巻いて言葉にならない。

瞼《まぶた》が下がり始めた夏花を見つめ、門原は膝《ひざ》に頬杖《ほおづえ》を突《つ》いて笑う。

「視界に収めなきゃ不安ってことですか？　そりゃまるで、東宮が愛《いと》おしくて、ひと時も目を放したくないと言っているようにも聞こえますすなぁ」

喉《のど》を鳴らして笑う門原に、夏花の脳裏《のうり》に一人の美しい女性の面影《おもかげ》が浮《う》かんだ。

「門原どのは、母さまを愛おしいと思って、くれたの？」

ふと漏《も》れた言葉に、門原は頬杖を突いていた手で顔を覆《おお》い隠した。

「え……？　なんでそんな話になるんです？」

「乳母《めのと》が、門原どのが私を助けてくれるのは、母さまを愛おしく思って、いるからだって」

ほぼ閉じた瞼に、今度は懐《なつ》かしい乳母の顔が浮かぶ。

夏花が見ていないにも拘《かかわ》らず、門原は顔を隠したままだった。

「あの人、本当にお喋《しゃべ》りな……っ。姫さま、ちょっと他《ほか》にも余計なこと吹《ふ》き込まれてないですよね？」

「うぅん……。暇《ひま》を出した後も、お金、入れてくれた、とか。母さま以外に、仕える気はないから、北山に、ついて来た、とか」

「ほぼ言ってるじゃねぇか……っ。もういいです。姫さま、寝《ね》て忘れてください」

言われずとも、夏花は極度の緊張《きんちょう》と疲労《ひろう》ですでに夢現《ゆめうつつ》だった。

母が亡《な》くなり、父からの援助《えんじょ》も途絶《とだ》え、一年の間に生活は困窮《こんきゅう》し、雇《やと》っていた者たちに暇を出した。その中には門原もおり、残ったのは乳母と沢辺だけ。

女三人で細々と食い繋《つな》いだ陰《かげ》で、暇を出したはずの門原が日銭《ひぜに》を稼《かせ》いでは乳母に渡《わた》していたと知らされたのは、北山の僧都《そうず》に引き取られる直前だった。

「だから……、私、門原どのって、呼んで………」

睡魔《すいま》に途切《とぎ》れる言葉に、門原は顔を覆っていた手をどけて苦笑した。

暇を出した後、夏花は門原を名前では呼ばなくなった。北山ですごす間も、門原を臣下として扱《あつか》うことはなかったのだ。

「……母君が生きてらっしゃった頃《ころ》みたいに、与志為《よしなり》でいいんですよ？」

「うん、でも……、私は違《ちが》う、から…………」

橘家に引き取られ、臣下として遇《ぐう》する以外に、共にいることは叶《かな》わなくなった。夏花は形だけ、臣下として門原を扱う。その忠誠が今もなお、亡き母に捧《ささ》げられていると知っているから。

「……死んだら終わり、何も残りゃしないんですよ。俺の想《おも》いだって、伝えることさえなかったんですから、残りようがねぇ」

寝息を立て始めた夏花に目を細め、門原は口を大きく引いて笑った。

「でも、いや、だからこそ、生きてる限り寸暇《すんか》を惜《お》しんで何かを成そうとする姫さまの生き方が、俺は好きなんですよ？」


月は沈《しず》んだが、まだ暁光《ぎょうこう》は見えない時分。

御帳台《みちょうだい》の中で、東宮は嘆息と共に安堵《あんど》の言葉を吐《は》き出した。

「そうか……。無事か…………」

軋《きし》む関節を動かして握り込んでいた指を開くと、血《ち》の巡《めぐ》りが悪くなっているのか震《ふる》えている。

東宮は思わず自嘲《じちょう》を漏らし、良い報《しら》せと共に戻《もど》った間諜《かんちょう》に視線を向けた。

山林を抜《ぬ》けて別荘《べっそう》へと戻った流は、側近に見張られながら屏風《びょうぶ》の向こうに傅《かしず》いているため、直接姿を見ることはできないが。

「夏花君が賊から聞き出した情報もお耳に入れたく」

まだ話は終わっていないと、流は控《ひか》えめに報せる。

「そうか。続けてくれ」

夏花を攫った鬼面の賊は六人。警備に紛《まぎ》れて東宮を囲み殺す算段があると言う。

「妖騒動と、同じ賊、か……。鬼《おに》に憑《つ》かれているというのは、あながち間違《まちが》いでもないわけだ」

「東宮《とうぐう》さま、戯言《たわごと》はお控えください」

紫女御の言葉を思い出して呟《つぶや》くと、側近に窘《たしな》められた。

すでに紫女御は京へ戻り、桃恋鬼の花枝の話を広めていることだろう。東宮は、その座に相応《ふさわ》しくないという風評を孕《はら》ませて。

だからと言って、自ら肯定《こうてい》するような軽口は確かに東宮として相応しくない。特に今は、紫女御にも繫がる藤原家の間諜がいるのだから。

「その鬼面の賊六人を、警備の中から見つけ出すことはできるか？」

「恐れず申し上げますと、不可能です。顔は隠《かく》されておりましたし、恰好《かっこう》にも特筆するべき部分はありませんでした」

「そうなると、話の内容から正殿《せいでん》にいた者たちが怪《あや》しい、というだけか」

東宮がすぐに動いたと、賊《ぞく》が漏らしていたのを夏花が聞いている。つまり、夏花不在に気づいて動くまでの挙動を見ることのできる位置にいた警備が怪しい。

「花弁が発見されてからいた、正殿周辺の警備の数は？」

側近に問えば、すぐさま答えが返った。

「最初から不寝番《ふしんばん》として正殿の外を守っていた者が、二十三人。ただ、二人ひと組で行動する警邏《けいら》が、あの時には寄り集まっておりましたから、目算ではございますが三十人ほどはいたかと」

「それとは別に、騒《さわ》ぎに気づいて各所の守りが集結する途中《とちゅう》だったはずだな？」

東宮の確認《かくにん》に、側近は頷《うなず》く。

怪しむべきは、正殿の警備と持ち場を離《はな》れてすぐさま集まった者たち。

それでも六十人以上はいる。

妖《あやかし》に扮《ふん》して襲《おそ》って来た賊の数を考えると、正殿付近にいた六十人全員が敵である可能性もあった。

ただ、妖騒動《そうどう》の際の門原の証言を信じれば、東宮妃《ひ》候補たちを包囲していた妖は、目立った武器のない鳴弦君たちに防げる程度の数合わせ。

本当に危険なのは、麗景殿へと乗り込み襲って来た暗殺者、八人。

その内の一人は、確実に別荘の警備の中にいる。

夏花に私怨《しえん》を抱《いだ》く者だ。

「……姫君《ひめぎみ》は、いかがいたしましょうか？」

側近の問いに、東宮は門原と二人で村に潜《ひそ》むという夏花を思い描《えが》く。

「日の出と共に迎《むか》えを出したい。それまでに正殿周辺にいた者たちの割り出しと隔離《かくり》を――」

「申し上げます」

いつになく硬《かた》い声音《こわね》で側近が東宮を遮《さえぎ》った。

「警備に敵が入り込んでいる今、夏花君をこちらへ戻すのは危険です。何より、狙われているのは東宮さまなのです。ここは、敵の目を分散させるが良策でしょう」

早口に、それでいながら言いにくそうに告げられた言葉に、東宮は目を瞠《みは》った。

「それは、つまり……あの方を、囮《おとり》にせよと？」

夏花と呼ばれる若君の想い人を、若君の仇《かたき》かもしれない敵を炙《あぶ》り出すための囮に使う。それが良策だと、側近は言ったのだ。

他の側近や侍従《じじゅう》たちも息を呑《の》む。が、反対の声は上がらない。

確かに夏花という不安要素を抱《かか》えてしまった敵は、夏花の死を確認しない限り捜索《そうさく》の人手を割《さ》き、東宮という最終目標を狙《ねら》うことを躊躇《ためら》うだろう。

そうして時間を稼ぐ間に、目をつけた警備たちの中から敵を洗い出す。もしくは、痺《しび》れを切らして尻尾《しっぽ》を出した相手を捕《と》らえる。

無闇《むやみ》に夏花を手元に戻して敵を警戒《けいかい》させ、逃《に》げるという手段を取られるよりも、知らないふりをして夏花に敵の目を向けさせたほうが動きやすい。

「敵の動きを摑《つか》むためには、橘の姫君には別荘の外で身を隠していただくべきです」

どんなに言葉を変えても、言っていることはやはり夏花を囮に使うべきだという冷徹《れいてつ》な進言。

「確かに、あの方を渦中《かちゅう》へ招くよりも、身を隠していただくほうが安全かと思います。こちらも、割ける人手には限りがございます」

従者まで賛同する言を上げた。実際問題、東宮を守るだけで側近たちは手一杯《ていっぱい》だ。周囲全《すべ》てが敵かもしれないとなればなおさらのこと。

一度逃げられている事実から、次はないと思い決めての献策《けんさく》。

そうとはわかっていても、東宮は胸の内に湧《わ》く不快感を口に出さないよう押し殺すだけで精いっぱいだった。

若君の仇かもしれない敵を確実に捕らえるには、夏花という囮がいたほうがいい。敵にも未《いま》だ夏花の所在はばれていないのだから、敵のただ中である手元に戻すのは危険が大きい。

「…………わかって、いる……」

絞《しぼ》り出した東宮の言葉は、葛藤《かっとう》の呻《うめ》きでもあった。

決断を待って黙《だま》る側近たちの中で、ただ一人、東宮に仕えていない流だけが口を開く。

「どうか、私にお任せください」

東宮からは屏風で見えないが、流は下げていた頭を上げて、しっかりと声を届かせた。

「夏花君は、必ず私がお守りすることを約束いたします。どうか、東宮さまはことの解決に専心なさいませ」

良策と言った側近の言葉を理解しつつも、夏花を囮に使うという非情な決断に拒否《きょひ》感を持った東宮の心情。その葛藤を察したからこそ、流は強い言葉で夏花の身の安全を請《う》け負った。

流の気遣《きづか》い、善意故の言葉に、東宮は腹の底から湧く苛立《いらだ》ちを覚える。

安全も考慮《こうりょ》した上で囮にするという側近の言葉以上に、流の提案は東宮にとって受け入れがたいものに感じられた。

夏花を、自分ではない誰《だれ》かの手に委《ゆだ》ねる。

そう考えた途端《とたん》、東宮の中で葛藤は意味をなさなくなった。

「日の出と共に、迎えを出します。そのためにまず、東宮妃候補方の住まう場所を変えましょう。警邏の動きも全て命じ直しますので、すぐに警備の担当者を呼んでください」

「東宮さま、しかし……っ」

制止しようとする側近に、東宮は片手を上げて止めた。

「東宮として言うなら、確かに良策……。けれど、私にとって選ぶべきではないことです」

覆《くつがえ》さない意志を示して告げると、側近は眉《まゆ》を顰《ひそ》め、従者は困ったように下を向いた。

若君を模す東宮だからこそ、若君の意志に反する決断はできない。それが、偽者《にせもの》なりの矜持《きょうじ》だった。

東宮は、一度は安堵に開いた手をまた握《にぎ》り直す。

他人の手に委ねられないのなら、この手で。夏花は自らの手で守る。

胸中に決意を定めた東宮は、忙《いそが》しく思考を動かし、現状打つべき手を考えた。

そうして、目を向けるのは屏風の向こうで身動《みじろ》ぎさえ聞こえない流。

「守ると言ったからには、その言葉、守ってもらいましょう」

東宮が声をかけると、流は小さく息を吐くように笑ったようだった。


別荘《べっそう》から攫《さら》われた翌日。

夏花は粗末《そまつ》な小屋の前に停《と》まった牛車《ぎっしゃ》に、言葉を失《な》くした。

「な、なんで……っ？　東ぐ――ぅ……っ」

牛車に乗せられた夏花は、思わず声を上げようとして口を覆《おお》われる。

「大声を出すな。何処《どこ》に敵が潜んでいるかもわからないんだぞ」

「そ、そうとわかってるなら、なんで東宮《とうぐう》が来たんだ……っ」

手を引き剝《は》がして、夏花は詰問《きつもん》した。

まだ日も昇《のぼ》りきらない時分。物見窓も閉め切った薄暗《うすぐら》い牛車の中には、目立たない狩衣《かりぎぬ》を纏《まと》った東宮が座していたのだ。

「流という間者に報《しら》せるよう命じたはずだが」

「いや、迎えが来るっていうのは聞いたけど。どうしてそれで東宮が自分で来るの？　危ないじゃないか」

賊は別荘の中の警備に紛《まぎ》れている。東宮を囲むには別荘の中では他《ほか》の者の目がありすぎるからこそ、桃恋鬼の呪《のろ》いを持ち出したのだ。

狙われる当人である東宮が、自ら周囲の人間を少なくして現れるなど、危機感がなさすぎると言ってもいい。

東宮は夏花の苦言に眉を顰めた。

「俺のことはいい。正殿《せいでん》にいるように偽装《ぎそう》して来た。それよりも、危ない目に遭《あ》ったのは自分だろう。……酷《ひど》いありさまだ」

自覚のある夏花は、遅《おく》ればせながら乱れた寝間着《ねまき》の裾《すそ》を直すが、どうしようもないほど土に汚《よご》れ、ほつれてしまっているのは誤魔化《ごまか》せない。

「明るくなってから、門原どのが、着替《きが》えを調達してくれるはずだったんだ」

乱れた髪《かみ》だけでも整えようと手櫛《てぐし》をすると、東宮は背後から着物を取り出した。

「俺の物で悪いが顔を隠《かく》すのに使えばいい。沢辺が明け方寝《ね》たというので、起こすのも忍《しの》びなくてな」

どうやら、着替えの必要は考えたが、夏花の物を持ってくることは躊躇われたらしい。

牛車が動き始め、揺《ゆ》れに身を硬くした夏花に、東宮は頭から着物を着せかけた。

足まで隠れるほど大きな着物に体格差を感じ、夏花は気恥《きは》ずかしくなる。落ち着こうと息を吸えば、鼻孔《びこう》を擽《くすぐ》る東宮の残り香《が》に頬《ほお》が熱くなった。

「これじゃ、まるで……っ」

抱《だ》き締《し》められているようだった。

己《おのれ》の考えの恥ずかしさに夏花が俯《うつむ》くと、異変を察した東宮が覗《のぞ》き込むように身を屈《かが》める。

「どうした？　足以外にも大きな怪我《けが》をしているのか？」

案じる東宮の言葉に、余計に己の不埒《ふらち》な考えが羞恥《しゅうち》を煽《あお》る。夏花は東宮の着物を深く被《かぶ》って顔を隠した。

「なんでもない！　あ、呆《あき》れてるんだ……っ。本当に自分から来るなんて、いつも私に言っていることを忘れたのか」

怒《おこ》るように言い放つ夏花に、東宮は息を詰《つ》めた。

危険を顧《かえり》みろと言い続けたのは東宮だ。そうして、遠ざけようともした己を省《かえり》みたのか、東宮は静かに答えた。

「忘れてはいない。自分でも、愚《おろ》かな行いだと、わかっている」

言葉尻《ことばじり》に向け弱くなっていく声に、夏花は顔を上げる。

「だが、もう二度と……、賊《ぞく》に襲《おそ》われ、目を離《はな》した隙《すき》に死なれたくなど、なかった」

絞り出す声音《こわね》に宿る、深い後悔《こうかい》の念。

夏花は、東宮の苦しげな表情を見つめて、遠い面影《おもかげ》を脳裏《のうり》に描《えが》いた。

賊に襲われ、安全のため逃げて目を離した隙に、火に巻かれて死んでしまった若君。

東宮が若君について心中を口にする時、いつもその声は苦しみに満ちている。

夏花自身、若君の死に大きな衝撃《しょうげき》を受けた。その場に居合わせた東宮の悲しみは、想像を絶することだろう。

どうして若君は死んでしまったのか。どうして死ななければならなかったのか。

悲しみを残して死ぬなど、優《やさ》しかった若君からすれば、決して本望《ほんもう》ではなかっただろう。

そう思うと、夏花の目頭《めがしら》が熱くなる。ただ視界は潤《うる》むものの、涙《なみだ》として流れ落ちることはなかった。

「大丈夫《だいじょうぶ》だ」

涙ぐむ夏花を見て、呟《つぶや》くように言った東宮は腕《うで》を伸《の》ばす。

一瞬《いっしゅん》、牛車の揺れに体が傾《かし》いだのかと思った夏花は、慰《なぐさ》めるように東宮の腕に抱かれていることに気づくのが遅れた。

「怖《こわ》がる必要はない」

続く東宮の言葉で、殺されかけた恐怖《きょうふ》に涙ぐんだと間違《まちが》われたことに気づいた。

「あの……っ、違……………」

否定し、身を離《はな》そうとする夏花に、東宮は決意を込めて囁《ささや》いた。

「俺が、守る」

大きく心臓が跳《は》ねた夏花は、答えなければと手に力を籠《こ》める。知らず、抱かれた東宮の胸に身を寄せるように。

「あ、ありがとう」

夏花の口からは感謝の言葉が零《こぼ》れた。

夏花を抱いていた東宮の手が驚《おどろ》きのためか、緊張《きんちょう》するように揺れる。それでも、回された腕の確かさは、守ると言った言葉を実感させてくれた。

思いが高まり疼《うず》く胸に、夏花は戸惑《とまど》いながらも、ようやく息が吐《つ》けた気がする。

東宮も頭上で小さく息を吐いていた。

また心配させてしまった。夏花の胸に痛みが走る。

その心配を、どうして東宮は自分に向けられないのか、と。

「東宮……」

いつも怒るようにしか言えない心配の言葉。

ただ東宮の身を案じていると伝える。今ならできるような気がして、夏花は東宮を呼んだ。

同時に、東宮はまた胸中を漏《も》らした。

「……若君のためにも、長姫の命を危険には晒《さら》さない………」

決意の滲《にじ》む声に、夏花は強く手を添《そ》えていた胸に力を込めた。

「お、長姫？」

突然《とつぜん》振《ふ》りほどくように身を起こした夏花に、東宮が目を瞠《みは》る。

対する夏花は、眉間《みけん》に皺《しわ》を寄せて唇《くちびる》を尖《とが》らせた。

「あぁ、そう……。結局私は若君に関してだけ、気にかけてもらえる存在なんだ。ついでみたいに、守ってもらいたいなんて、思わないよ………っ」

低く呟く夏花の言葉は、頭から被った着物の中に籠《こも》って東宮には届かない。

「だいたいさっきから、自分のことは棚上《たなあ》げで、何言ってるんだ！　本当にそう思うなら、なんで敵のいる別荘に私を戻《もど》す？　そろそろ理由を話せ！」

不機嫌《ふきげん》に詰問する夏花に、東宮は視線を横向ける。

「……理由は、言ったつもり、だ」

「何？　聞こえない」

小さな声で告げる東宮に、夏花は再度言うように迫《せま》る。

「な、何をそんなに怒っているんだ？」

「怒ってなんていません……っ。で？　私を戻してどうするつもり？　別荘《べっそう》で直接囮《おとり》になればいいの？」

「……っ、そんなことはさせない。長姫がすると言っても、させないということを覚えておけ」

攻撃的《こうげき》な夏花につられ、東宮も顔を顰《しか》めて威圧《いあつ》的に窘《たしな》める。

「そんな言い方――」

夏花がまた噛《か》みつこうとすると、牛車《ぎっしゃ》後部が叩《たた》かれ、門原の声が聞こえた。

「お二人さん、関越《こ》えるから静かにしてくれよ」

東宮の許しを得て、側近に紛れ別荘についてくる門原の警告に、夏花は昂《たか》ぶった気持ちを落ち着けるように息を深く吐き出した。

「………………聞かせて。私は何をすればいい？　今さら大人しくなんて言わないでしょ？」

真っ直《す》ぐ睨《にら》むような強さで見つめる夏花に、東宮も諦《あきら》めの含《ふく》まれた長い息を吐いた。

「東宮妃候補《ひ》たちには、桃園《ももぞの》の西、透垣《すいがい》に囲まれた離れに移ってもらう。そこでは、警備もあえて遠ざける。女人《にょにん》以外の立ち入りを禁じ、寄る者あらば厳罰《げんばつ》に処すと、すでに命じてある」

「女だけ……。つまり、近寄る警備がいたら、片端《かたはし》から捕《つか》まえるってこと？　でも、東宮妃候補を殺すのも仕方ないと言うような賊を相手に、それで抑止《よくし》になる？」

逆に女だけと侮《あなど》り、誰《だれ》を犠牲《ぎせい》にしても構わず襲ってきそうだと、夏花は懸念《けねん》を口にする。

「それをするくらいなら、夜の内にもう一度俺の寝首《ねくび》を掻《か》きに来ているだろう」

東宮は、東宮妃候補《とうぐうひ》全《すべ》てが揃《そろ》っているからこそ大丈夫なのだと言った。

「少なくとも賊は雇《やと》い主の立場を慮《おもんぱか》る程度には、力関係を理解している。その上で、確か、源氏筋の姫よりましだというようなことを言われたんだったな?」

「そう。……あ、そうか。逆に東宮妃候補の実家全てに喧嘩《けんか》を売る真似《まね》はできないんだ。だから東宮妃候補で固まっていれば向こうも襲いにくい」

「何より、奴《やつ》らの目的は本来俺だ。保護した長姫をすぐ離れに入れて、出入りを禁じる。それを見た敵は、俺が直接長姫に会っていないと思って、本来の目的を果たそうと焦《あせ》るだろう」

「それは……っ」

「敵の狙《ねら》いが二つ、目の前にある。どちらに手を出すかは、推測でしかない。もちろん、長姫にはまだ危険が迫っている」

夏花の反論を封《ふう》じるように、東宮は言った。

「だから、長姫には隠《かく》れて護衛を二人つける」

夏花は牛車の後ろをついて来ているであろう門原に視線を向け、今は姿の見えないもう一人、流を脳裏に描いた。

「そして、これも忘れてもらっては困る。東宮妃候補の実家が、関《かか》わっている可能性だ」

「私には、東宮妃候補がいないほうがいいって言う賊の言葉が、何より東宮妃候補たちの潔白を物語っているように聞こえたけれど」

「あくまで、東宮妃がいないほうがいいという話だと聞いたぞ」

流からのまた聞きの東宮の言葉に、夏花は昨夜の記憶《きおく》を探《さぐ》り頷《うなず》いた。

「言われてみれば。東宮妃候補を殺すのは恨《うら》みを買って面倒《めんどう》だけど、上は東宮妃が立つのは困るって話をしていた」

「つまり、東宮の後ろ盾《だて》ができるのが困る相手だ。紫女御と藤原家が俺を狙うかもしれないという話と同じ。東宮妃候補を出したはいいものの、他家にその座を奪《うば》われるくらいなら俺を手早く廃《はい》そうと考えての暗殺とも考えられる」

「うぅん、でも、東宮妃候補たちは、そんなこと……」

望んでいないと言っても、後ろにいる実家の考えは別物だ。夏花自身、橘家の思惑《おもわく》など無視しているのだから。

「そう思うなら、長姫が証明すればいい」

東宮の言葉に顔を上げると、苦笑《くしょう》を向けられた。

「東宮妃候補が敵を手引きしたのではないという証拠《しょうこ》を、探してくれ。俺ではきっと、それはできない」

「……わかった。私が東宮妃候補たちの動きを調べればいいんだね」

東宮妃候補だけを集めるのは、身の安全と共に、危険な可能性を潰《つぶ》すため。

「あまり時間はない。長姫が見つかったなら、長居する理由がなくなるからな」

もはや実害が出ている以上、東宮は東宮妃候補の安全のためにも京に帰らなければならない。別荘《べっそう》を離《はな》れれば、鬼面《きめん》の賊《ぞく》が懸念していたとおり、もはや近寄ることはできないだろう。それは敵を逃《に》がしたくない東宮にとっても喜ばしくない状況《じょうきょう》。

別荘を離れれば、二度と敵の情報は手に入らないと思うべきだ。

「わかった。京に戻るまでに稼《かせ》げる日数は？」

「三日後には、別荘を後にする。このこともすでに、警備に伝えてある。三日だ。三日の間、耐《た》えてくれ。……それと」

「何？　焦って賊が襲《おそ》ってくるかもしれないことは、わかってるよ？」

三日という期限に焦って、鬼面の賊が夏花の口を先に封じる危険性はある。ただ焦って夏花に向かった時こそ、賊を捕《と》らえる大義名分のできる好機でもあった。

「足の裏の怪我《けが》が悪化しないよう、歩くな」

そう言った東宮の顔は、自らの傷が痛むとでも言うような表情を浮《う》かべていた。


別荘内、透垣の離れ。

南北二つの棟《むね》が、山の湧水《ゆうすい》で作られた小川を渡《わた》る橋で繋《つな》げられた森閑《しんかん》とした離れ。山際《やまぎわ》にあり、桃園を抜《ぬ》けなければ来られず、山林も遠い。

東宮妃候補四人と、つき従う侍女《じじょ》たちが暮らすには手狭《てぜま》ながら、侍女以外の往来がない離れに近づける警備はいなかった。

そんな離れの北の棟から、低く読経《どきょう》の声が聞こえる。

香《こう》の焚《た》かれた室内には、読経の終わりと共に重く耳を圧する沈黙《ちんもく》が落ちた。衣擦《きぬず》れの音と共に、背後に並んだ泣君と鳴弦君を振《ふ》り返った夏花は、儀式《ぎしき》の終わりを告げる。

「突然《とつぜん》のお誘《さそ》いにお応《こた》えいただき、本日は誠《まこと》にありがとうございます」

「いや、夏花君こそ、大変な被害《ひがい》を受けたのですから。これでお心が晴れるならいいのだが」

鳴弦君は、案じる言葉を夏花に向けた。その隣《となり》で、泣君が不安そうな視線を投げる。

「お、鬼《おに》は、お経を唱えたら逃げたのですね？　本当ですね？」

「えぇ。御仏《みほとけ》の加護により、こうして私は戻ることができました」

内心では神仏に詫《わ》びながら、夏花は微笑《ほほえ》んだ。

東宮と示し合わせて、夏花は東宮妃候補には事実を伏《ふ》せることにした。もし、こちらに内通者がいれば、鬼面の賊に夏花が黙《もく》していることが伝わる。

夏花を黙《だま》らせる優先順位が低いと見れば、賊は本来の標的である東宮へ仕掛《しか》ける可能性が高い。そうなれば、襲撃《しゅうげき》を待ち受ける東宮の手の内だ。

そう考えていた夏花を見つめる、二対《つい》の双眸《そうぼう》。

「隠していることなんか、ないでしょうね？」

「いっそ言ってくれ。そうすればこちらも覚悟《かくご》が決まる」

「……なんのことでしょう？　隠すことと言われても、正直、私も状況がわからないのです」

惚《とぼ》けてみせると、鳴弦君が弓を引くように鋭《するど》く目を細めた。

「夏花君、あなたの侍女は確かに、賊に攫《さら》われたと言ったんだ」

思わぬ攻め口に、夏花は微笑《せ》んだまま固まってしまう。どうやら鳴弦君が読経につき合ったのは、邪気《じゃき》払《ばら》いの名目を信じてのことではなかったらしい。

「さて……、姿は確かに人に見えたのです。けれど、外に連れ出された私は、月明かりの中、確かに鬼の顔を見ました」

「ひぃ……っ」

声を潜《ひそ》めてそれらしく装《よそお》うと、泣君は喉《のど》を攣《つ》らせた。

「ところで……。皆《みな》さまはあの夜、素早《すばや》く正殿《せいでん》にお集まりだったとお聞きしております。何か、お二人も深更《しんこう》目を覚ますような事態がおありでしたか？」

鳴弦君にこれ以上探られないため、夏花は自ら問いを向けた。途端《とたん》に、泣君が肩《かた》を震《ふる》わせる。

その顕著《けんちょ》な反応に、夏花と鳴弦君の視線が集まると、泣君は己《おのれ》で否定するように首を振った。

「た、ただの風の音やった……。なんもおらへんかった…………っ」

どうやら、本当に気になる物音を聞いて、泣君は起き出していたらしい。

「音が、廊下《ろうか》でした気がして……。見に行ったんやけど、なんもおらんくて」

「誰もいなかったのに、音がしたのですか？　泣君が自ら外に出てお確かめに？」

夏花が怪《あや》しんで聞くと、泣君は顔を赤くして答えた。

「うちかて……っ、いつまでも怯《おび》えて蹲《うずくま》ってるだけやない！」

妖騒動《あやかしそうどう》で、足手纏《あしでまと》いにしかならなかったことが、よほど負けず嫌《ぎら》いの泣君には応《こた》えたらしい。

泣君が言うには、外には警邏《けいら》がおり、不審者《ふしん》はおらず、風の音だろうと言われたそうだ。

「そう言えば、警備が厳しいとは思っていたが、夜間警邏の数も随分《ずいぶん》多かった」

鳴弦君の呟《つぶや》きに、取り乱していた泣君が眉《まゆ》を上げた。

「なんや、みんな起きとったん？」

気になる発言ではあったが、警戒《けいかい》されてもいけないので、夏花は泣君の言葉に頷いておく。

「そうですね。花枝のこともありますし、寝《ね》つけなかったのでしょう。ところで、鳴弦君は警邏の足音でもお耳につきましたか？」

「あ、いや……。私は、その………」

途端に言葉を濁《にご》して俯《うつむ》いてしまう鳴弦君に、泣君は半眼になって促《うなが》した。

「何か、人に言えないことでもなさったのでないのなら、素直《すなお》にお吐《は》きなさい」

まるで尋問《じんもん》のように答えを迫《せま》る泣君に、鳴弦君は恥《は》じらうように袖《そで》を上げて口を開く。

「じ、実は、本当に東宮《とうぐう》さまを害する鬼がいるのなら……、わ、私が、退治して、やろうと思い、まして………」

返って来たのは予想外に勇ましい答え。夏花は、自分よりも規格外な姫《ひめ》は、実は鳴弦君ではないだろうかと心中で呟く。

「あんたぁ、生まれる性別間違《まちが》えてへん？」

思わずと言った様子で漏《も》れた泣君の呟きに、鳴弦君はさらに恥じ入って、両袖で完全に顔を隠してしまった。

「ところで泣君？　皆起きていたと仰《おっしゃ》いましたね。もしや、藤大納言《とうのだいなごん》さまも起きておいでのご様子でしたか？」

泣君への問いだったが、答えたのは羞恥《しゅうち》を押し込め、まだ耳が赤いながらに平静を取り繕《つくろ》った鳴弦君だった。

「私と、泣君の棟からは小寝殿《こしんでん》が見下ろせますから。私は正殿に続く廊下の辺りでお声をかけました。……言い方は悪いかもしれませんが、逃げるように、小寝殿へとお戻《もど》りになった」

「あら、私は小寝殿の庭に降りているのを見ましたわ。お声をかけると、風に当たっていただけと言って、すぐに室内に戻られたようでしたけれど」

鳴弦君に続いて藤大納言の動きを教えた泣君は、夏花に視線を移した。

「それで、藤大納言さまのお姿が見えないけれど？」

透垣《すいがい》の離れで、東宮妃《ひ》候補は二人ずつに分かれている。南の棟には泣君と鳴弦君。北の棟には夏花と藤大納言が割り振られたのだが、北の棟で読経をすると誘うと、藤大納言は詩作をしたいからと言って断ったのだ。

「庭にいらっしゃるはずですから、お呼びして参りましょう」

藤大納言にも話を聞きたい。夏花がそう言うと、すぐさま止められてしまった。

「夏花君、その足で歩き回るのは、怪我の悪化にしか繋がらない」

「侍女が起きられないからと言って、あなたが捜《さが》す必要はないでしょう」

言って、鳴弦君と泣君は自らの侍女に命じて藤大納言に声をかけてくるよう言った。

「そうだ、私は切り傷によく効く塗《ぬ》り薬を持っているのです。夏花君にもお分けしよう」

「では私も。読経のお礼というわけではないけれど、紫女御さまにと思って持ってきていた菓《か》子《し》を、振る舞《ま》って差し上げるわ」

侍女を使いに出した鳴弦君と泣君は連れ立って、一度北の棟を離《はな》れて行った。

「……ここは返礼に、お茶でも出せばいいのかな？　寝不足《ねぶそく》だろうし、珍《めずら》しい唐渡《からわた》りの薬だし、見劣《みおと》りはしないはず」

一人頷《うなず》いた夏花だが、ふと記憶《きおく》を辿《たど》る。以前、藤大納言に茶を振る舞った時には、その後何《な》故《ぜ》か睨《にら》まれてしまった。

「まるで、私を試《ため》しているのかと言いたげな、苦々しいお顔で……。苦いし、やっぱり飲みつけないかも？」

悩《なや》んだ夏花は、奥の部屋の襖《ふすま》を開く。そこには、横になった沢辺がいた。

「寝てる……。相談しようと思ったけど、起こすのも悪いな」

沢辺は、明け方に寝つき、夏花が戻る頃《ころ》には目を覚ましたが、主人の無事を確かめた途端、熱を出して倒《たお》れてしまったのだ。

怪我と極度の緊張《きんちょう》による疲《つか》れ。そう診断《しんだん》されたからには、無理に起こすのが憚《はばか》られた。

「まだ誰《だれ》も戻ってこないな。……藤大納言さまは何処《どこ》にいるんだろう？」

夏花は怪我をした足ながら、北の棟を囲う回廊《かいろう》へと出た。

足はきちんと治療《ちりょう》されている上に、幾重《いくえ》にも足袋《たび》を重ねて床《ゆか》を踏《ふ》む感触《かんしょく》があやふやなほどにされている。足が普段《ふだん》の倍以上になっていて見た目は悪いが、痛みの軽減には役立っていた。

庭のほうへ向かおうとした夏花の前に、音もなく人影《ひとかげ》が現れる。

「夏花君、どちらへ向かわれますか？」

現れたのは、夏花の護衛を命じられた流。夏花の独り歩きを見咎《みとが》めて、姿を現したのだ。

「えっと、藤大納言さまが、いないかなと思って……。あれ？　門原どのは一緒《いっしょ》じゃないの？」

「東宮さまへご報告に出向いております。ですので、お一人での行動は慎《つつし》んでいただきたく」

流一人しか護衛がいない現状、離れの中とは言え不用意な行動はしてほしくないようだ。

「東宮さまも、ご心配になられます」

「心配、か……。ねぇ、流。流には、私と東宮、どちらが相手を心配しているように見える？」

ふと思い立っての問いだったが、流は顔の中で唯一《ゆいいつ》見える目を大きく見開いた。

「あれ？　私そんなにおかしな質問したかな。……東宮はさ、私に危ないことするなって言うんだ。でも、私よりも危ない状況《じょうきょう》に身を置いているのは東宮のほうなんだ。東宮にそういうことを言っても、自分はいいんだとしか言わないから、私も東宮の身を案じているってことが、伝わっているのか、わからなくて」

質問の意味を伝えた夏花に、流は一度、気持ちを整理するように目を閉じた。

「……夏花君は、身分に限らず、東宮さまへ好意をお寄せになっているのでしょうか？」

「え…………っ？」

思わぬ言葉に、夏花は予想以上に大きな疑問の声を上げてしまった。

「あ、これは、ご無礼を……。分を弁《わきま》えぬことを申しました」

「い、いや、えっと……。いいんだ、何言われても気にしないいんだけど。…………私、東宮を好きなように見えるの？」

夏花が首を傾《かし》げると、流は言いづらそうに横を向く。

無言の肯定《こうてい》に、夏花は困惑《こんわく》して指を捏《こ》ねる。

好きだと思いを寄せる相手はと聞かれれば、夏花は今まで若君だと迷いなく答えてきた。死んだと聞かされた今も、若君に向けるような思いを抱《いだ》く相手は他《ほか》にいない。

東宮に向ける思いは、若君に抱いていた思いとは、方向性が違《ちが》うのだ。そう自分の中で思っていても、流に説明するわけにもいかない。

「えっとね、うぅん……好きというか、その…………。好きだと、愛《いと》おしいと思う相手と、健《すこ》やかにいてほしいと願う相手が別々にいるのは、おかしなこと、なのかな？」

若君を思うように、東宮を思っているわけではない。だから、恋《こい》をしているのとは違うと夏花は思う。けれど流から見れば、夏花は東宮に恋しているように見えるというのだ。

夏花が悩みながら絞《しぼ》り出した問いに、流は覆面《ふくめん》の上から口を覆《おお》って小さく笑った。

「う……。やっぱり、変なこと言ったよね。ごめん、今のは忘れてくれると嬉《うれ》しいな」

「いえ、違うのです」

夏花が引くと、流は顔を上げて否定した。

「おかしなことなど、夏花君は仰っておりません。そう、そんな思いが変だと言うなら、私こそ、おかしな考えに悩まされていることになりましょう」

苦笑《くしょう》に目を細めた流を、今度は夏花が目を瞠《みは》って見つめた。

微笑《ほほえ》み返す流の目には、何処か温かく優《やさ》しい光がある。

初めて流と出会った日に感じた、懐《なつ》かしさにも似た感情の揺《ゆ》れを覚え、夏花は知らず自身の胸を押さえた。

「……私も、同じ思いの狭間《はざま》で、悩んでいるのです………」

そう囁《ささや》くように告げた流の声は、何故か深く、夏花の耳に残った。

五章　望まぬ別れ

「そちらにいらっしゃるのは、夏花君？」

夏花は、背後から聞こえる声に肩《かた》を跳《は》ね上げた。

話し込んでしまっていた流も、失態に気づいて苦い表情を浮《う》かべる。

「私は一旦《いったん》離《はな》れます。すぐに戻りますので、ここから動かないでください」

早口に告げた流は、近づく衣擦《きぬず》れの音から逃《に》げるように透垣《すいがい》へと駆《か》け出した。

常人ではなしえない身軽さを発揮し、流は横に張り出した松の枝に乗る。そのまま屋根へと跳《と》び上がると、今度は透垣の向こうへと飛び降りていった。

背後で息を呑《の》む音を聞いて振《ふ》り返ると、北の棟《むね》を巡《めぐ》る回廊の向こうで目を瞠った藤大納言《とうのだいなごん》が立ち尽《つ》くす。

「と、藤大納言さま……、あの」

見つめる先は透垣の上。藤大納言は、流という不審《ふしん》者を視界に捉《とら》えてしまったようだった。

言い訳を捻《ひね》り出そうと声をかける夏花に、藤大納言は返事さえしない。

「…………流……？」

呟《つぶや》かれた言葉に、夏花は慌《あわ》てた。

「藤大納言さま……っ、い、如何《いかが》なさいました？」

今度は夏花の呼びかけで、藤大納言が肩を跳ね上げる。

「……あ、な、なんでもございません！」

言うや、藤大納言は夏花に背を向けて回廊の向こうへと行ってしまう。垣間見《かいまみ》えた横顔は、強い意志を孕《はら》んでいた。

「藤大納言さま、ちょ、ちょっとお待ちを！」

直感的に流を追う気だと察した夏花は、覚束《おぼつか》ない足を動かした。夏花の声など耳に届かないのか、藤大納言は裾《すそ》を抱《だ》きかかえるように持ち上げると、庭に降りて透垣へと走る。

さすがに透垣は越《こ》えられないと、夏花は焦《あせ》った己《おのれ》を笑った。瞬間《しゅんかん》、藤大納言の眼前《がんぜん》に現れた透垣の切れ目と戸に、息を詰《つ》めることになる。

透垣と同じ竹で作られた戸は、そうと知らなければわからないようになっていたのだ。内側からしか開かない透垣の戸を、藤大納言は開け放ったまま外へと駆け出した。

「そんな……っ。一人で出るなんて、藤大納言さまでも危ない！」

東宮妃《とうぐうひ》候補が邪魔《じゃま》だという鬼面《きめん》の賊《ぞく》は、藤大納言さえ襲《おそ》うかもしれない。

夏花は藤大納言を連れ戻《もど》そうと、嵩張《かさば》る裾を抱き込んで透垣の向こうへと追いかけた。

後ろから追う夏花を振り返りもせず、藤大納言は必死に前だけを見て走る。普段なら生粋《きっすい》の姫《ひめ》である藤大納言に遅《おく》れないはずの夏花だったが、足を怪我《けが》している今、なかなか距離《きょり》が縮まらない。

藤大納言の背中の向こうに桃園《ももぞの》の薄紅色《うすべにいろ》が見えた時、息を切らした藤大納言が叫《さけ》んだ。

「お待ちなさい……、流…………！」

桃園に入った藤大納言の向こうに、人影が現れた。

応じて立ち止まり、肩を激しく上下させる藤大納言の背後で、夏花は慌てて身を低くする。

藤大納言を案じて思わず追いかけてきたが、流には離れから動かないように言われたことを思い出したのだ。

桃園との境に植えられた前栽《せんざい》に身を隠《かく》した夏花は、藤大納言を置いて行くのが忍《しの》びなく、向かい合う流との様子を窺《うかが》った。

「はぁ、はぁ……。やはり、流ね」

笠《かさ》を被《かぶ》り、覆面で顔のほとんどを隠した流に、藤大納言は何処《どこ》か弾《はず》んだ声音《こわね》で言った。

振り切れないと悟《さと》った流は、笠を取って藤大納言の前に跪《ひざまず》く。

「ご前失礼いたします」

臣従の姿勢で口を開いた流に、藤大納言は裾を抱《かか》える腕《うで》に力を込めた。

「流、顔を上げて。わたしの前で、顔を隠す必要はないと言ったはずよ」

前栽に潜《ひそ》む夏花は、思わず藤大納言の背中を見直す。普段《ふだん》の貴族として取り澄《す》ました口調を脱《ぬ》ぎ捨てた藤大納言は、困る流を前に顔を上げろと繰《く》り返す。

「姫、私のことはお気遣《きづか》いなく。どうかお戻りください。このようなところを余人に見られてはことです」

「それなら流がわたしの言うことを聞けばいいの。いったいどれほどお前の顔を見ていないと思っているの？」

我儘《わがまま》にも聞こえる藤大納言の言葉は、東宮妃候補として共に暮らした夏花でも見たことのない奔放《ほんぽう》さだった。

「ここにいるということは、お父さまの言いつけなのでしょう？」

「それは、お答えしかねます」

「流、お前はわたしを主人と仰《あお》ぐと誓《ちか》ってくれたじゃない。あれは嘘《うそ》だったの？」

「そ、そのようなことは……っ。この命、姫に救われた時より、あなたさまへの報恩のため使うと決めております。しかし…………」

「お父さまの言いつけで言えないということ？　別に命を懸《か》ける必要はないのよ。だったら、主人のわたしが新たな命令をすればいいでしょう。お父さまには黙《だま》って、何を言いつけられたのか、わたしに教えなさい」

流を困らせるほど藤大納言は強気の姿勢だったが、なおも言い淀《よど》む流に声を潜めた。

「それだけ……、流が危険に身を置いているということなの？」

力が込められた藤大納言の背中が震《ふる》える。

「お父さまは、お前を大事にはしてくれていないのね……っ」

「いえ、姫。私は、望んで——」

「わたしも、流を手放さなければ良かった……っ」

震える藤大納言の声に、夏花は居た堪《たま》れなくなる。

盗《ぬす》み聞き以外の何ものでもない状況《じょうきょう》が、さらに身の置き所のなさを強めた。

「藤大納言さまは、流が一緒《いっしょ》なら、大丈夫《だいじょうぶ》よね？」

夏花は、藤大納言と流の再会を邪魔しないよう、こっそりとその場を離《はな》れた。

流に忠告されたこともあり、急いで離れに戻ろうと動く。

桃園と離れを遮《さえぎ》るように植えられた前栽から立ち上がろうとした途《と》端《たん》、夏花は別荘《べっそう》のほうからやってくる警備を捉えてまた身を隠した。

桃園の端《はし》を見回るように歩いていた二人組の警備は、離れの手前で止まると、別荘には戻らず立ち話を始める。ちょうど別荘から木々越《ご》しにしか見えず、休むには恰好《かっこう》の場所なのだろう。

すぐには立ち去る様子のない警備に、夏花は仕方なく桃園を横切り、離れの外を回って戻ろうと決めた。

立ち上がった流と話し込む藤大納言を横目に、夏花は桃恋鬼の桃《もも》が咲《さ》く山際《やまぎわ》へと向かう。

人気のない桃園の端から離れへ向かおうとした途端、背後に足音を聞いた。

「……っ」

「ほぉ……、こいつはついてるぜ」

振り返った夏花の視界には、警備らしき男が一人。

顔に見覚えはない。ただ発された声に宿る不穏《ふおん》な害意には覚えがあった。

「その声……、賊の！」

昨夜夏花を攫《さら》い、殺そうとした鬼面の賊であり、東宮を狙《ねら》って妖《あやかし》騒動《そうどう》を起こした大罪人。

何より、夏花に私怨《しえん》を抱《いだ》く賊だった。

「あぁ、この顔なら覚えがあるか？」

言って、懐《ふところ》から取り出したのは鬼面。

顔を隠した賊に、風に舞《ま》い散る赤い桃の花が降る。

「本当に運がいい。ここなら、他《ほか》の奴《やつ》らもいいように騒《さわ》いでくれるだろうさ」

「……騒ぐ？　いったい何をする気なのですか？」

足を後ろに引きながら逃走《とうそう》の体勢を整えようと構える夏花は、時間稼《かせ》ぎのためにも問いを投げかけた。

鬼面の向こうで失笑《しっしょう》するような吐息《といき》が聞こえる。そのまま慣れた動作で、鬼面の賊は刀を抜《ぬ》いた。

「鬼《おに》に憑《つ》かれた東宮に関《かか》わって、何処かの姫は無残にも死んでしまった……。なんて筋書でどうだ？」

そう吹聴《ふいちょう》して、東宮の評判を落とす。その上で、呪《のろ》われた東宮の警護を嫌《いや》がる警備の中から、鬼面の賊たちが周囲を固めて東宮を亡《な》き者にする。

「ずいぶん、できの悪い筋書ですわね」

言いながら、夏花は着実に鬼面の賊が間合いを詰めている状況に歯噛《はが》みした。

動きの優劣《ゆうれつ》など、今さら比べるべくもない。

無傷で逃げるのは無理だ。

苦渋《くじゆう》の表情を浮《う》かべた夏花は、脳裏《のうり》に閃《ひらめ》く記憶《きおく》があった。

瞬間《しゅんかん》、肺腑《はいふ》いっぱいに息を吸い込み、言葉と共に吐《は》き出す。

「誰《だれ》か……！　誰かお助けを…………っ。賊がおります！」

離れの見える範囲《はんい》に、二人組の警備がいた。これ以上の失敗は許されないという賊なら、危険を冒《おか》さず逃《に》げるかもしれない。

そう考えての大声だったが、鬼面の賊はこの好機を逃《のが》すつもりがなかった。

「面倒《めんどう》なことを……っ」

そう吐き捨てながら、鬼面の賊は迷いなく夏花に刀を振《ふ》り下ろす。

咄嗟《とっさ》に抱えていた裾《すそ》ごと腕を上げて防御《ぼうぎょ》姿勢を取った夏花は、首を狙う横薙《よこな》ぎの攻撃《こうげき》に、背後へと押し切られる。

「ち……っ。分厚い着物着やがって！」

身を襲った衝撃《しょうげき》に、状況の摑《つか》めない夏花は、重ねた着物が刃《やいば》を肌《はだ》に届かせなかったことに気づかない。

それでも逃げようと倒《たお》れた地面から半身を起こすと、すでに賊《ぞく》は目の前に立っていた。

「しぶとい、だが、これで終わりだ」

外すことのない距離を詰め、鬼面の賊は夏花の顔に向けて突《つ》きを放つ。

目を瞑《つぶ》った夏花の耳に、金属音が響《ひび》いた。

「夏花君から離れろ、この下郎《げろう》！」

言って、夏花から引き剝《は》がすように小太刀《こだち》を振るい、賊を押し切るのは流。

地面に突き刺《さ》さった匕首《あいくち》は、夏花を救うため流が放ち、賊が叩《たた》き落とした得物だった。

「てめぇ、昨日の……っ」

覆面《ふくめん》をした流の姿に、鬼面《きめん》の賊も憎々《にくにく》しげな声を発する。

そのまま、小太刀と刀で鍔迫《つばぜ》り合いを行い、桃恋鬼の桃の下へと結界の注連縄《しめなわ》を越《こ》えて鬩《せめ》ぎ合う。

「な、流……っ？　私は、また助けられたのか」

息を吐く間もなく、夏花は流と共にいたはずの相手を捜《さが》した。

流がいたはずの方向を見れば、裾を抱えた藤大納言《とうのだいなごん》が、また息を切らして駆《か》けてくる途中《とちゅう》。

「だ、駄目《だめ》だ、藤大納言さま！　危ないから逃げて……！」

「はぁ、はぁ……。夏花君も同じです！　さぁ、こちらへ！」

妖騒動の夜とは立場を変えて、藤大納言が夏花へと手を伸《の》ばしながら駆け寄って来た。

「狙われているのは私だ！　藤大納言さまは逃げてくれ！」

一緒にいては危ないと拒否《きょひ》するが、余計に藤大納言は表情を硬《かた》くして足を止めない。

そんな夏花と藤大納言の様子に、鬼面の賊を抑《おさ》える流が気づいた。

「く……っ。夏花君！　どうか、姫《ひめ》を」

駆け寄る藤大納言に気を取られた瞬間、流と鍔迫り合いをしていた鬼面の賊が身を返した。

「余所見《よそみ》とは、余裕《よゆう》だな？」

殺気の籠《こも》った声でそう吐き捨てた鬼面の賊は、体勢を崩《くず》した流との鍔迫り合いを押し切る。

瞬間、押された流の体は桃恋鬼の桃にぶつかり、倒れ込んだ先は山際の崖《がけ》。

「きゃぁぁあああ！」

絹を裂《さ》くような藤大納言の悲鳴に、まだ遠いが、確かに騒ぐ警備の声が上がった。

一度崖を見た鬼面の賊は、夏花を見据《みす》えて舌打ちを吐く。

「……必ず殺す」

そう吐き捨てると、鬼面の賊はすぐさまその場から逃げ出して行った。

「流……っ、流！」

立ち去る鬼面の賊など目に入らない様子で、藤大納言は桃恋鬼の桃を横切り崖に駆け寄った。

賊の撤退《てったい》を確かめて追った夏花は、藤大納言が崖へとしゃがみ込むのを見た。

「藤大納言さま！　落ちてしまいま――っ」

忠告しようとした夏花は、藤大納言越しに遠ざかる手を見る。

「流ぇぇええ！　嫌よ、待ちなさい！　流……っ」

崖から離れる流の手を追って身を乗り出す藤大納言を、夏花は抱《だ》き留めるようにして摑んだ。

「藤大納言さま！　……流…………！」

見下ろす崖の下には、見通すことのできない山林。

流らしき人影《ひとかげ》は、緑色の木々の向こうに消えて行った。

「きゃぁぁあああ……！」

叫《さけ》ぶ藤大納言は、夏花に止められてなお、崖へと身を乗り出して取り乱した。

「こ、これはいったい……？」

駆けつけた二人組の警備に、夏花はすぐさま指示を飛ばす。

「賊が出ました！　賊はあちらに逃走し、警備の者が一人、私たちを守って落ちたのです……っ。すぐに助けに向かいなさい！」

「は、は……っ！　おい、急いで報《しら》せだ！」

夏花の命令に、警備の一人が走る。残った警備は、夏花と藤大納言を守って離《はな》れまで送った。

「うぅ……っ。く、ぅ…………っ」

泣き崩れる藤大納言を支えて、夏花は離れに戻《もど》る。

「夏花君、それに藤大納言さまも？」

「さっきの悲鳴はどうしたのですか？」

離れにまで聞こえていた騒ぎに、泣君と鳴弦君が不安顔で出迎《でむか》えた。

「今は、藤大納言さまを落ち着かせたいのです。どうか、北の棟《むね》で休ませてくださいませ」

夏花の申し出に、泣君と鳴弦君は顔を見合わせる。

二人が困惑《こんわく》するほど、藤大納言は恥《は》じも外聞もなく泣きじゃくっているのだ。

「わかりました。泣君、北の棟の侍女《じじょ》たちはこちらに移しましょう」

「そうですわね。夏花君、任せてよろしいの？」

頷《うなず》く夏花に、泣君と鳴弦君は侍女の移動を指示してくれた。

藤大納言の侍女は、妖騒動《そうどう》の際に主人である藤大納言を置いて逃げ出した。そのために全員が実家に戻され、新たな侍女がつけられてからひと月。未《いま》だ、藤大納言と親しんだ様子がないのは、他の東宮妃《とうぐうひ》候補から見ても明白だったのだ。

声が漏《も》れないよう、北の棟を閉め切った夏花は、藤大納言と自分以外にただ一人残った侍女に声をかけた。

「沢辺、起きている？」

「はい、姫さま」

一瞥《いちべつ》を向けると、沢辺は伏《ふ》せるようにして泣く藤大納言を見ていた。

「お前は寝《ね》ていて、何も見ていない。聞いていない。……いい？」

「承知いたしました。ご用の際は、お声かけいただければ、起きましょう」

沢辺は、痛む体でぎこちないながら頭を下げると、襖《ふすま》を閉めて気配を殺す。

夏花は蹲《うずくま》って嗚咽《おえつ》を漏らす藤大納言の背に手を伸ばし、傍《かたわ》らに座った。

「藤大納言さま、お気を確かに。……まず、これだけは言わせてください。ありがとう、ございます……」

夏花が感謝の言葉を告げた途端《とたん》、藤大納言は弾《はじ》かれたように顔を上げた。涙《なみだ》に濡《ぬ》れた目には、確かな怒《いか》りとやり場のない悲しみが宿っている。

「ありがとうだなんて、言われたくなど、ありません……っ。流が、流が死んで、貰《もら》える感謝など、なんの意味がありましょう！」

「まだ、死んだとは決まっておりませんでしょう……？」

夏花の声の揺《ゆ》れに、藤大納言は責めるように目を細めるが、新たな涙が溢《あふ》れ顔を背《そむ》けた。

どれくらいの高さがあったのか、木々に隠《かく》れて判然としないが、それでも落ちて無事だとは思えない高さから流は落ちてしまっている。

人間は回廊《かいろう》から落ちても、打ち所が悪ければ死んでしまうのだ。死んだとは限らないが、流が必ず生きているとも、夏花は言えなかった。

「……人生とは、どうしてこうも、理不尽《りふじん》ばかりが積み重なるのでしょう………っ」

嗚咽の合間に絞《しぼ》り出した藤大納言の言葉には、嘆《なげ》きとも怒りとも判別のつかない、深い感情が宿っていた。

「藤大納言さま？」

夏花の呼びかけに答えず、藤大納言は堪《こら》えるように息を殺して泣き続ける。

その丸めた細い背に、悲しみさえ素直《すなお》に表せない強情《ごうじょう》さと、己《おのれ》を押し込めようとする貴族としての矜持《きょうじ》を夏花は見た。

「藤大納言さま、失礼いたします」

断りを入れて、夏花は力任せに藤大納言の肩《かた》を引き上げ、視線を合わせた。

涙に濡れた瞳《ひとみ》は、漏らしてしまった本音を恥じるように険しくなる。

夏花は、流が最後に言いかけた言葉を思い返した。

――夏花君！　どうか、姫を。

何が言いたかったのかは推測するほかない。ただ今は、悲しむことすら二の足を踏《ふ》む藤大納言の姿が、流にとって本意でないことだけはわかる。

「藤大納言さま、泣いたって、喚《わめ》いたっていいんです。私は、他人のために涙するあなたを嗤《わら》ったりはしない」

夏花の言葉に表情を硬くした藤大納言だったが、目に浮《う》かぶ涙と共に表情も歪《ゆが》み、ついには泣き声となって崩れ去った。

「流……っ、どうして！　どうして、流が……っ」

声を放って泣く藤大納言に、夏花は慰《なぐさ》めに背を撫《な》でようとした。

すると、藤大納言は脈絡《みゃくらく》もなく夏花を呼ぶ。

「夏花君…………！　わたくしは、あなたが、羨《うらや》ましかった！」

突然《とつぜん》のことに動きを止める夏花に、藤大納言は胸の内を吐《は》き出すように続けた。

「気心の知れた乳母子《めのとご》と寄り添《そ》い、身分が違《ちが》うはずの門原という護衛を、成人してなお側《そば》近くに侍《はべ》らせていることが！　わたくしには、叶《かな》わなかったというのに！」

叩《たた》きつけられた藤大納言の羨望《せんぼう》に、夏花は返す言葉もなかった。

生粋《きっすい》の貴族に生まれたからこそ、藤大納言の周囲には、長く人がいなかったのだ。

「わたくしは、東宮さまがお立ちになられてから、東宮妃となる準備を始めました！　乳母子も嫁《とつ》いで離れ、髪《かみ》を上げてからは、流とも……、軽々しく会うことは、叶わなくなったのに…………っ」

泣きながら語る藤大納言《とうのだいなごん》は、東宮妃になるために成人し、成人したからこそ流を側に置けなくなったのだと言う。

「誰《だれ》も………わたくしの側にいる者は、わたくしよりも自分の身が、家が大事なのです。わたくしを思ってくれる者など、もう、流以外、残ってはいなかったのに……っ」

生粋の姫《ひめ》だからこそ、身分が高いからこその孤独《こどく》。

東宮妃候補となって別れてなお、流だけは藤大納言個人に尽《つ》くすことを誓《ちか》った。その誓いの確かさは、夏花自身、流の様子から疑う余地などない。

「……流は、藤大納言さまのためを考えて、動いていましたよ」

なんの慰めにもならないとわかっていながら、夏花は告げる。

藤大納言の願いは流という心許せる相手の存在であって、いない今、何を思っていたかなど聞いても空《むな》しい。

袖《そで》の色が変わるほど涙する藤大納言は、苦しそうに息を吐きながら、なおも慟哭《どうこく》して言った。

「わたくしは、幼い頃《ころ》、川に流され死にかけていた流を助けました。己が何者かも覚えておらず、寄る辺のなかった流は、わたくしを命の恩人と慕《した》ってくれたのです。それが、どれほどわたくしにとって誇《ほこ》らしく、嬉《うれ》しかったことか……っ。流が主人と呼んでくれるに相応《ふさわ》しい人間になろうと、思えるほど………」

嗚咽に喉《のど》を詰《つ》まらせながら、藤大納言は胸の内を吐き出し続けた。

言うべき相手はこの場にいない。代わりにもなれない夏花は、ただ聞くしかなかった。

「だからこそ……っ、わたくしはこんな形での恩返しなど、望んだことはなかったのに！」

命を懸《か》けて恩を返すと言う流に、藤大納言は命を懸ける必要はないと確かに言っていた。

その言葉は、偽《いつわ》りのない本心だったのだ。

「死んでまで報《むく》いろと、誰が言ったのです！　わたくしは、生きて、側にいてくれるだけで、それだけで……っ」

十分だった。

その言葉は、慟哭に紛《まぎ》れて聞こえない。

耳に聞こえなくとも、心に届いた夏花は、藤大納言の悲しみに触《ふ》れ、そっと瞼《まぶた》を閉じる。

頰《ほお》にはひと滴、涙が伝って落ちていった。


襖を細く開けて様子を窺《うかが》っていた東宮は、夏花の頰を濡らす涙に息を止めた。

同時に、藤大納言が絞り出した言葉に心臓を鷲摑《わしづか》みにされるような衝撃《しょうげき》を受ける。

桃園《ももぞの》で東宮妃候補が賊《ぞく》に襲《おそ》われたとの急報に接し、側近に桃園での調べを任せて離《はな》れへと忍《しの》んで来た。

賊の目を欺《あざむ》くためには、目立つ接触《せっしょく》は避《さ》けなければならない。

そのため、藤大納言を慰める夏花に声をかけられず見守っていたが、聞こえる言葉の内容から、流が身を挺《てい》して二人を助けたことは窺い知れた。

「そうだね。……生きて、もう一度会えたら、どんなに………」

藤大納言に答える夏花の声には、寂寥《せきりょう》が漂《ただよ》う。

「……こんな結果、誰も望んでないのにね」

瞑目《めいもく》するように瞼を閉じたままの夏花が、その眼裏に思い描《えが》くのは、いったい誰なのか。

息を切らして言葉が続かなくなっていた藤大納言は、苛立《いらだ》たしげに止まらない涙を拭《ぬぐ》う。

そんな藤大納言の袖に手を添えた夏花は、哀惜《あいせき》に満ちた目をしていた。

「藤大納言さま、泣いていいんだ。それだけ、流を惜《お》しんでいるのは、きっとあなただけだから。その涙が何より、流が生きてあなたに残したものの、証《あかし》だと、思う」

唇《くちびる》を嚙《か》んで震《ふる》えた藤大納言は、八つ当たりするように夏花の手を握《にぎ》り返して言った。

「死んで、何が残ると言うのです……っ。夏花君は、命を賭《と》した者を、惜しみもしないのですか！」

「私は、流に生かされた。その意味は重い。だからこそ、流の行いを否定するようなことは言えない。仮令《たとえ》流が生きていたとしても、私は生かされた意味を考えて生きていかなければならないと思う。……だって、そうじゃないと、命を懸けてくれた者に、恥《は》ずかしいじゃないか」

涙の痕《あと》が残る頰をそのままに、夏花は藤大納言に告げた。

見合う藤大納言は、新たな涙を溢れさせながら、恨《うら》み言のように吐き出す。

「あなたの強さは、卑怯《ひきょう》だわ……っ。わたくしが、惨《みじ》めじゃない」

「強くなんか、ないよ。それにあなたは、惨めなんかじゃない。その嘆きは、決して恥《はじ》なんかじゃないから」

「あなたの、そういうところが………っ」

言葉にならず、藤大納言の言葉は嗚咽《おえつ》に埋《う》もれた。

東宮《とうぐう》は視線を落とすと、足音を立てずにその場から離れる。

聞くべきことも聞かずに離れるのは、行動として最善ではない。

若君の死を隠《かく》して東宮になったのは、若君を殺した黒幕に復讐《ふくしゅう》をするため。仇《かたき》を討《う》つという目的に迷いはないが、襖《ふすま》から向こうへ踏み込み、上辺だけの慰めの言葉を口にすることが躊躇《ためら》われた。

東宮は身につまされる言葉によって、居た堪《たま》れなくなったのだ。

生きて側にいてくれるだけで、と声を詰まらせた藤大納言の声が、耳に蘇《よみがえ》る。

かつて、若君の死に同じように嘆《なげ》いた。そして、己の無力を悔《く》い、復讐を誓った。

嘆いてばかりでは進めないのだ。同時に、嘆いたところで時は止まらず、若君を害した敵に罰《ばつ》が下るわけでもない。

絶望に足を止める愚《おろ》かさを悟《さと》り、東宮を僭称《せんしょう》した。それが、若君を助けられなかった自分にできる、せめてもの弔《とむら》いだからと。

ふと気配を感じて顔を上げると、戸になっている透垣《すいがい》の前に門原がいた。

「長姫には落ち着いてから事情を聞け。流は、できる限り捜《さが》す」

指示を出して横を通りすぎると、門原は引き留めるように口を開く。

「承知。けど、生きててもよほどの幸運じゃなきゃ、あいつ二度と間諜《かんちょう》はできねぇな」

「そうだな」

足は止めたが目を向けずに応じれば、門原は笑いを含《ふく》んだ問いを向けた。

「手を講じないんで？」

「そこまでする義理はない」

命が助かったとしても、流は藤原家から用済みとされるだろう。そうなれば、生きていく糧《かて》のない流の将来は暗い。

「……情けない顔してるからどうかと思ったら。揺《ゆ》れてるわけじゃないんだな」

試《ため》したとわかる門原の言葉に、東宮は眉《まゆ》を顰《ひそ》めた。

「流を助けたとして、主人を藤大納言以外に認めるような者ではないのだろう？　ならば、敵に回る可能性がある限り、手を差し伸《の》べる必要性を感じないだけだ」

藤大納言を主《あるじ》と仰《あお》ぐ限り、流の主家が藤原であることには変わりない。若君を殺した黒幕であったなら、東宮は迷わずその藤原家を潰《つぶ》すだろう。仮令、命を懸けて夏花を助けた功があっても。

その時、流は必ず障害となって立ちはだかる。

無用な情けは、目的を共にする仲間や、事実を伝えてしまった夏花の危険に繋《つな》がるのだ。

「左様で。姫さまには言わないでおきますよ」

肩《かた》を竦《すく》めて内側から透垣の戸を閉め、門原の気配が遠ざかる。

「きっと、俺の判断を知れば、長姫は怒《おこ》るのだろうな。……あぁ、感謝一つ素直《すなお》にできないのが、俺が選んだ道か」

だから居た堪れなかったのだ。

流の命を惜しむ藤大納言の嘆きが、命を懸けられたことに報いようと気丈《きじょう》に振《ふ》る舞《ま》う夏花の覚悟《かくご》が。

「せめて、お前が阻《はば》んだ敵を捕《と》らえることで、報いとしよう」

流が夏花を守ると言った言葉に嘘《うそ》はなかったのだ。命を懸けた者に、それくらいの気持ちを持ってことにあたってもいいだろう。

東宮は、警備や側近が動き回る桃園へと足を踏《ふ》み入れた。

ふと見ると、赤い桃《もも》の花弁が眼前を通りすぎる。

他《ほか》の薄紅色《うすべにいろ》の桃の中を過《よぎ》る赤い花弁は、まるで夏花が一昨日《おととい》着ていた桃の袿《うちき》に蘇芳《すおう》を重ねた艶容《えんよう》のようだった。脳裏《のうり》に、涙《なみだ》する夏花の姿が思い出される。

あれは流のための涙だったのか、それとも、生きてもう一度と望んだ若君との離別《りべつ》を嘆いた涙だったのか。

「例えば俺のために……」

思わず漏《も》れた呟《つぶや》きに、東宮は口を覆《おお》った。

夏花が、自分の死に対して涙を流してくれるのだろうかと、埒《らち》もない考えが過る。

涙することが生きた証だと言うなら、泣いてほしいと思ってしまった東宮は、気持ちを切り替《か》えるように固く瞼を閉じた。

若君なら、決して夏花の涙など望まない。

願うべきは、若君のように笑顔《えがお》にさせることだろう。

そう考えて、東宮は難しい、と自嘲《じちょう》を吐《は》いた。

「は……っ、まだまだだ」

どんなに偽《いつわ》っても、それらしく振る舞っても、本物には敵《かな》わない。

特に、夏花に関しては何もかもが上手《うま》くいかず、もどかしい。

手放すのは不安で自らの手で守ろうと決めたが、東宮という囮《おとり》の近くに置くことが最も危険だという矛盾《むじゅん》。護衛を置いていたことが功を奏したが、夏花にはこれからも悲しむ顔をさせることになるだろう。

「いっそ、常に俺の側《そば》における位に……」

東宮は頭を振り、考えを散らす。

夏花は若君の初恋《はつこい》の相手で、守らなければならない姫君《ひめぎみ》だ。

偽りの東宮の妃《きさき》になど、させるわけにはいかない。

夏花も若君との約束のために東宮妃《ひ》候補になったのだ。これ以上難しい立場に立たせて苦労を負わせるのは忍びないだろう。

何より、思い合う若君と夏花、二人の間に入り込むような真似《まね》ができるはずがなかった。

身寄りのない山荘《さんそう》の童子が、身分を偽って目的のために夏花に並んでいるだけ。本当なら眼前で顔を上げることさえ許されない。

了見違《りょうけんちが》いをしてはいけないと、東宮は胸中で繰《く》り返した。

「東宮さま、こちらへ」

姿を見つけて声をかけてくる側近に近づこうとして、東宮は桃恋鬼の桃を横目に見る。

「……触《ふ》れられない桃に見惚《みほ》れた鬼《おに》の気持ちとは、こういうものか………」

東宮は埒もない思考を笑った。

夏花を、一季の花のように儚《はかな》く散らせるつもりは毛頭ない。

首を傾《かし》げる側近に、東宮は表情を引き締《し》め伝えた。

「別荘《べっそう》の中で狙《ねら》われた以上、悠長《ゆうちょう》にはしていられません」

「承知しております。今時分、桃園《ももぞの》周辺にいた警備たちの配置と、昨夜の警邏《けいら》の配置を鑑《かんが》み、怪《あや》しいと思われる者たちの割り出しが可能となりました」

「それは重畳《ちょうじょう》」

割り出しが可能になるなら、釣《つ》り出す要点も掴《つか》める。

夏花と藤大納言《とうのだいなごん》を襲《おそ》ったことは、鬼面《きめん》の賊《ぞく》の側からしても突発《とっぱつ》的なことだったのか。失態を犯《おか》すほど、向こうも焦《あせ》っている証拠《しょうこ》か。

「もう一度、警備の配置をし直し、敵の数をはっきりさせましょう。ちょうど、捜索《そうさく》に人手を割《さ》かねばならない状況《じょうきょう》もあります」

流と藤大納言には心中で謝罪しつつ、東宮は冷徹《れいてつ》に状況を利用するために思考を巡《めぐ》らせる。

夏花を失うわけにはいかない。

そう思い決めた感情が、若君を模す東宮としてなのか、触れてはいけないと畏敬《いけい》する幼い頃《ころ》の倣《なら》いなのか、それとももっと別の思いによるものなのか。

東宮は答えを求めることはせず、ただ守ると告げた言葉を実行するため、前を向いた。

六章　身を焦がす烈火

「……ぅうっ………」

くぐもった呻《うめ》きを上げて、流は遠退《とおの》きそうになる意識を繋ぎ止める。

呼吸一つで肺腑《はいふ》が破れそうなほどに痛む。手足の感覚が痛みと熱でわからない。

流は気づいていなかったが、落下の際に木の太い横枝で頭を強打していた。その強打した木の枝に引っかかる形で勢いが殺され、降り積もった腐葉土《ふようど》の上へと倒《たお》れ込んだのだ。

即死《そくし》は免《まぬが》れたが、無傷とは言えない。

特に頭から流れる血は量が多く、流の意識を混濁《こんだく》させた。

「熱……い………」

痛みなのか熱さなのか、いっそ血液が失われることで起きた、行きすぎた寒さのせいなのかさえわからず、流は呟いた。

「熱い、……み、ず………」

這《は》いずるように起き上がった流は、木々に凭《もた》れ、大きくふらつきながらも歩き出す。

風の音にも似た激しい耳鳴りの合間に、流は水の音を聞いた。

別荘に引かれた湧水《ゆうすい》を排出《はいしゅつ》してできた沢《さわ》が、木々の間を流れている音だ。

「水……、痛っ、…………以前、も？」

脈打つごとに流れる血と、襲い来る痛みに流の意識が束《つか》の間、正常に戻《もど》る。

脳裏を過る覚えのない思い出。

いつだったか同じように、体中に怪我《けが》を負い、水を求めて歩いていた。

「ぅう……っ、痛い、これは…………なんの傷？」

落ちた際に枝葉で切った顔や手の傷と共に、古傷が痛んだ。

命を絶つため首を真横に振るわれた刀傷。

助けられた時には、夜盗《やとう》にでも襲われたのだろうと言われた。

「…………違《ちが》う……」

木々に縋《すが》り、行く先も定めず歩く流の目には、山林の緑ではなく、赤い炎《ほのお》と黒い煙《けむり》が渦巻《うずま》く光景が見えていた。

「あ……、あぁ…………」

燃えているのは、簡素な宿坊《しゅくぼう》。

燃え盛る炎と煙から逃《に》げるように、暗い夜の中へと駆《か》け出した。誰《だれ》かが呼んでいる声を聞いた気もしたが、答えられるだけの判断能力を失っていた気がする。

「熱い……、水。そうだ、ぼくは…………川に」

煙と血、恐怖《きょうふ》と涙が視界を塞《ふさ》ぎ、気づけば川に落ちていた。

「ぼくは………いや、私は……ぅう」

ひときわ強い頭痛に呻き、流は足を止める。

耳鳴りの中、誰かが呼ぶ声が聞こえる気がしても、その声は判然としない。

「誰……？　誰に、もう一度………」

誰かに会いたかったはずだった。

頭ではなく、揺《ゆ》り起こされた記《き》憶《おく》と共に胸の内で蘇《よみがえ》った切望。

流は答えを求めるように虚空《こくう》へと手を伸《の》ばす。

薄《うす》れる意識と共に、瞼《まぶた》が落ちた。眼裏の闇《やみ》の中、浮《う》かび上がるのは夏花と藤大納言の切迫《せっぱく》した表情。

「違、う……。笑って、ほし………」

求めるように伸ばした手の先で指を握《にぎ》り込むと、まだ幼い、夏花と呼ばれる前の少女の笑顔が浮かび上がった。

「……あぁ、そうだった…………ぼくは――」

流は己《おのれ》が何者であったのかを理解した。

瞬間《しゅんかん》、膝《ひざ》は崩《くず》れ前のめりに倒れる。

流は低木の中に隠《かく》れるよう、意識を失った。


透垣《すいがい》に囲まれた離《はな》れには、沈痛《ちんつう》な空気が漂《ただよ》っていた。

翌日になっても、流は遺体さえ見つからなかったのだ。

「藤大納言さま、白湯《さゆ》だけでもお口になさってくださいませ」

夏花がそう勧《すす》めても、藤大納言は虚《うつ》ろに宙を見つめるだけ。

ひと晩で窶《やつ》れるほど泣いた藤大納言は、昨日から何も口にしていない。このままでは倒れるのは目に見えていた。

北の棟《むね》の中には藤大納言の侍女《じじょ》も戻ってきているのだが、主人の勘気《かんき》を恐《おそ》れてか、沢辺の看護を理由に奥に引っ込んで出て来ない。

夏花は挫《くじ》けそうになる気持ちを奮い立たせて、もう一度藤大納言に声をかけた。

「藤大納言さまは、流を信じてはいないのですね」

「……なんとおっしゃいまして？」

暗い目で睨《にら》むように見る藤大納言に、夏花は胸中で戦《おのの》きながらも、挑発《ちょうはつ》なら届くことを確認《かくにん》した。

心配も気遣《きづか》いも受けつけないのなら、怒《いか》りを原動力にさせるしかない。

「遺体さえ見つかっていないのに、流の生存を信じられないのでしょう？　流のお役目を考えれば、怪我を負って身を隠したとも考えられるというのに」

見せつけるように息を吐《つ》けば、藤大納言は力なく首を横に振《ふ》った。

「そんな戯言《たわごと》で、わたくしが惑《まど》わされるとでも？　このまま見つからなければ、手当てもできず死んでしまうなんて、わたくしでもわかりましてよ」

仮令《たとえ》落下時に死んでいなくても、大怪我《おおけが》は免れない。その上でひと晩が経《た》っても見つからないのなら、最悪の事態は容易に想像できる。

予想より遥《はる》かにしっかりと考えられている藤大納言に、夏花は白湯の入った茶碗《ちゃわん》を摑んで差し出した。

「でしたら、なおのこと流の死を確信するのは早計というものではありませんか？」

すでに藤大納言の声は掠《かす》れ、唇《くちびる》も見るからに乾《かわ》いている。それでも藤大納言は差し出された白湯に興味を示さなかった。

夏花は、危険なことを口にする己に問い直す。言っていいのか、場合によっては流の気持ちを無下にするかもしれない。

それでも、上手《うま》く誘導《ゆうどう》できれば今回の黒幕に肉薄《にくはく》する手がかりを得られるかもしれないのだ。

何より、目の前で身を細らせようとする藤大納言《とうのだいなごん》を、そのままにはしておけなかった。

「藤大納言さま、ここであなたがそのまま口を噤《つぐ》んでいれば、何もなかったことになりましょう。……流という存在も、流を崖下《がけした》へと突《つ》き落とした、賊《ぞく》の存在も」

「そのようなことが……っ。東宮妃候補《とうぐうひ》を襲《おそ》った賊ではありませんか！」

「では問いますが、妖 騒動《あやかしそうどう》の賊が捕《つか》まったと、お聞きになりましたか？」

「……っ。な、なかったことに、されると言うのですか？　鬼面《きめん》の、あの賊も妖として存在しないものと？」

「相手が、東宮さまの権威《けんい》を超《こ》える方であれば、あるいは」

視線を揺らし、唇を震《ふる》わせる藤大納言に、夏花はもう一度白湯を差し出した。

「東宮さまは、手を尽《つ》くされるでしょう。ですが、軽々しく手をつけられない問題も、あるのです」

「それが、あの妖騒動なのですか？　流を突き落とした賊も、そんな大きな後ろ盾《だて》があると？」

夏花の言葉に思考を巡《めぐ》らせ始めた藤大納言は、体が求めるままに茶碗を受け取り白湯で口を湿《しめ》らせた。

「解決を望むのなら、まずは藤大納言さまがご健勝でなければ。倒《たお》れられ、里へと下がった後では、もはやことの中心ではいられません」

藤大納言が指先に力を籠《こ》めると、茶碗の中の白湯が揺れた。

「このままでは問題を棚上《たなあ》げにされてしまうと言うのですか……っ？　それでは、流がなんのために…………」

震える藤大納言から一度目を逸《そ》らし、夏花は心を決めて告げた。

「藤大納言さまが、この別荘《べっそう》で起きた騒《さわ》ぎに関《かか》わりがないと、証明するためでした」

「え……？　あ…………、わたくしが、藤原家が怪《あや》しいと、そう思われていたのですか？」

桃恋鬼の桃《もも》が生えた別荘も、花見に誘《さそ》ったのも藤原家に関わりがある。藤大納言は問うように言うが、自ら答えを見出《みいだ》して険しい表情を浮かべた。

今回の事件の内幕を藤大納言に漏《も》らすのは、一つの賭《か》けだ。

実家が関わっているかもしれないとわかれば、藤大納言は退《ひ》くかもしれない、絶望するかもしれない。何より、流はそんな苦悩《くのう》を藤大納言に負わせたくはなかっただろう。

それでも、と夏花は藤大納言の反応を待って口を閉じていた。

藤大納言は矜持《きょうじ》が高く意志も強い。折れたまま二度と立ち上がれないほど弱い人ではないと夏花は信じている。何より、流が信じ仕えた藤大納言の素顔《すがお》を垣間見《かいまみ》、大貴族の姫《ひめ》という遠い存在ではない、等身大の人間として今は見ることができた。

藤大納言は、暗殺という後ろ暗い計画に加担するような、心根《こころね》の曲がった生き方はしない人だと思えるのだ。

不意に、藤大納言は茶碗を両手に持って呷《あお》るように白湯を飲み干す。

顎《あご》を上げた藤大納言の表情には、思い決めた者の揺るぎない胸の内が表われていた。

「誰《だれ》の思惑《おもわく》であろうと、犠牲《ぎせい》を生まなければ成せないことなど間違《まちが》っています。そうでしょう、夏花君？」

思いの外に強い言葉を投げかける藤大納言に、夏花は気圧《けお》される。

「藤大納言さま……、焦《あせ》ってはなりません。きちんと、敵の素性《すじょう》を明らかにしない内に騒いでは、逃げられてしまいます」

「そうですわね。流を害した賊を、逃がすわけにはまいりませんもの」

からの茶碗を握り込む藤大納言に、夏花は困ってしまった。

発破をかけることには成功したが、このままでは暴走してしまいそうだ。

東宮にも、藤大納言に妖騒動や桃恋鬼の件が、人為《じんい》的な事件だとばらしてしまったことを告げなければならない。

このことで、東宮を困らせないようにしなければと眉《まゆ》を寄せた夏花は、近づいてくる回廊《かいろう》の軋《きし》みを聞いた。

「夏花君に、よろしいだろうか？」

「藤大納言さまのお加減を窺《うかが》いに参りましたの」

聞こえるのは、泣君と鳴弦君が侍女に取り次ぎを求める声。

夏花が藤大納言を窺うと、赤くなった目で外を見据《みす》えていた。

「夏花君。わたくしも桃恋鬼の桃が正殿《せいでん》に突き立てられた件で、実家を疑いました」

「え？　藤大納言さま？」

突然《とつぜん》早口に言い出した藤大納言に、夏花は思考が追いつかない。

「桃恋鬼についての謂《いわ》れは、わたくしも聞き及《およ》んでおりました。祓邪《ふつじゃ》を目的とした宴《うたげ》のはずが、どうして桃恋鬼の桃がある別荘が選ばれたのか不思議だったのです」

別荘に招かれた初日から、藤大納言は違和感《いわかん》を覚えていたのだと言う。

「桃恋鬼の存在を匂《にお》わせる様子で、もしやと思いました。泣君の怖《こわ》がりは侍女を通じて我が家に伝わっていたでしょうから、東宮妃候補を辞退させるための、やりすぎた悪戯《いたずら》では、と」

藤原家の別荘で起こった事件であるために、藤大納言はまず実家を疑い、その目的が東宮ではなく東宮妃候補を退ける姦計《かんけい》にあると見た。

東宮は藤原氏が外戚《がいせき》である以上、少々のことでは縁《えん》は切れない。とは言え、やりすぎだと見た藤大納言は、自ら犯人を見つけてやめさせようとしていたのだと言う。

「あ、だから二日前の夜にお一人で出歩いていらっしゃったのか」

夏花の指摘《してき》に、藤大納言はばつの悪い表情を浮《う》かべた。

「あなたは、本当に長い耳をお持ちなのね……っ」

咳払《せきばら》いした藤大納言は、話を戻《もど》す。

「けれど考えてもみれば、あまりにも露骨《ろこつ》なやり方ではありませんの。これは我が家を貶《おとし》めるために、あえてこの場での事件を画策した者が——」

藤大納言の言葉の途中《とちゅう》で、侍女《じじょ》が取り次ぎにやって来た。

「泣君と鳴弦君が、藤大納言さまのお見舞《みま》いにいらっしゃっております」

「お通しなさいまし」

すぐに応じる藤大納言は、近すぎる夏花に離《はな》れるよう指示する。

「藤大納言さま、一度休まれては？」

「お気遣いは結構。気になることがあるのです。休んでなどいられませんわ」

夏花が真意を問う前に、案内されて泣君と鳴弦君がやって来た。

従う侍女たちは、手に見舞いの品だろう菓子《かし》や果物を捧《ささ》げ持っている。

袖《そで》で窶《やつ》れた顔を隠《かく》す藤大納言は、挨拶《あいさつ》も聞かずに言い放った。

「東宮妃候補以外は控《ひか》えなさいまし」

「あ、えっと。藤大納言さまもお疲《つか》れで、あまりお顔を晒《さら》したくはないそうで」

夏花が言い繕《つくろ》うと、泣君は呆《あき》れたように息を吐《つ》いた。

「お変わりないようで。こちらは私からの見舞いの品、昨日、皆《みな》でいただきましょうと言っていた菓子ですの」

言って、泣君は菓子を置いた侍女たちに手を振《ふ》り、退室を促《うなが》す。

「私も、これを。何も召《め》し上がっていないと聞いたので、水菓子ならと用意させた」

応じて、鳴弦君も侍女たちを下がらせる。

侍女の衣擦《きぬず》れも聞こえなくなり、静かになった室内で、ようやく藤大納言は袖を下ろした。

面窶《おもやつ》れした顔と、赤くなった目に、泣君も鳴弦君も言葉もない様子。

口火を切ったのは、泣君だった。

「…………聞いた話では、藤原の警備の者が、鬼《おに》から夏花君を助けて行方《ゆくえ》不明とのことでしたけれど。どうして夏花君と藤大納言さまは、桃園《ももぞの》の、しかも桃恋鬼の桃の近くにいらしたのかしら？」

直前まで一緒《いっしょ》にいたのだから、夏花は下手な言い訳もできない。もちろん、流を追った藤大納言を追ったと正直に話すわけにもいかなかった。

返る沈黙《ちんもく》に、鳴弦君はもっと直截《ちょくせつ》に問う。

「鬼と聞かされたが、あの時戻って来た夏花君の袖は、刀によって斬《き》られていた。相手は鬼を騙《かた》る賊なのだろう？　それはまるで、妖騒動の時と同じではないだろうか？」

目敏《めざと》い鳴弦君に、夏花は視線を横向けた。どうやら意見の摺《す》り合わせは済ませていたようで、泣君にも動揺《どうよう》は見られない。

対して、藤大納言は夏花に強い視線を向けていた。妖騒動《そうどう》の犯人と同一犯であることを伏《ふ》せていたのを、気づかれてしまったようだ。

「これ以上の沈黙は、肯定《こうてい》と取るがよろしいか？」

鳴弦君が答えを迫《せま》る。

「私も桃恋鬼の呪《のろ》いなど、信じてはおりませんのよ？」

泣君さえも、強気に言って胸を張る。

誤魔化《ごまか》しは利《き》かない。

いっそ、藤大納言《とうのだいなごん》のように部分的に真実を告げるのはどうだろうと、夏花は思案する。

ただ、これ以上勝手をして、東宮《とうぐう》の足を引っ張るかもしれない状況《じょうきょう》を作るのは躊躇《ためら》われた。

夏花が答えない様子を見て、藤大納言が泣君と鳴弦君を見据えて口を開く。

「この別荘には今、東宮さまを狙《ねら》う不埒《ふらち》者がおります」

「藤大納言さま……っ？」

突然の暴露《ばくろ》に、夏花は真意を問うように声を裏返らせた。硬《かた》い横顔からは、あえて過激な発言を選んだように見える。

そんな夏花には答えず、藤大納言は鋭《するど》い目つきで泣君と鳴弦君を注視し続けた。

「賊《ぞく》は、警備に紛《まぎ》れているようでございます」

探《さぐ》るように言葉を補足する藤大納言に、鳴弦君が頷《うなず》いた。

「そうか……。だからこうして警備から私たちを引き離したのか、東宮さまは」

鳴弦君は、藤大納言の示した情報だけで、東宮の狙いに気づく。そのまま、浮かんだ疑念を藤大納言へと向けた。

「東宮さまを狙うにしても、どうして夏花君が襲《おそ》われたのだろう?」

「それを言うにはまず、自家が陰謀《いんぼう》に関《かか》わりないことを明かしなさいまし」

叩《たた》き払《はら》うように、藤大納言は強い声音《こわね》で言った。

「別荘《べっそう》の警備には、各家から人が出されております。警備に賊が紛れている以上、東宮妃《ひ》候補とは言え、疑いを晴らさぬならこれ以上はお伝えできません」

「各家から警備が? そうなのか?」

藤大納言の詰問《きつもん》に、鳴弦君は狼狽《うろた》えた。夏花と同じように、警備が出されていることを知らなかったようだ。

藤大納言の視線を正面から受けて、泣君は半眼になる。

「自家と言いましても、あくまで京の血縁《けつえん》でしてよ。警備の者と私は面識もございませんし、京の血縁がどんな陰謀を抱《いだ》いているかなど知りもしませんわ」

泣君と鳴弦君は、京から離れた場所で生まれ育ち、東宮妃候補となってから京へやって来た。源氏の姫《ひめ》、平氏《へいし》の姫と呼ばれることもあるが、血縁である京貴族とは疎遠《そえん》だと言う。

「左様ですか。では明かせないのでしたら、下がりなさいまし」

藤大納言が威圧《いあつ》的に命じた瞬間《しゅんかん》、室内の空気が張りつめる。

「東宮さまを狙う不埒者かもしれない人に、言えることなどございません」

「藤大納言さま……、言い方というものを考えられても」

窘《たしな》める夏花に、藤大納言は目も向けない。疑《ぎ》惑《わく》の目を逸《そ》らさない藤大納言に、泣君がいきり立った。

「そんな言い方ありませんでしょう。知らないものは知らないのですから……っ」

泣君に頷き、鳴弦君も不快そうに眉を顰《ひそ》める。

「別荘でことが起こった以上、一番怪《あや》しいのは藤大納言さまご自身だと自覚すべきではないだろうか」

「では、怪しいわたくしの話など聞く必要はございませんね」

藤大納言は挑発《ちょうはつ》的に失笑《しっしょう》を吐いた。

「……あんなぁ………………！」

泣君は怒《いか》り心頭に発した様子で声を上擦らせた。藤大納言は前言を撤回《てっかい》する様子もなく、もう話すことはないとばかりに横を向く。

そんな様子を冷静に見据えた鳴弦君は、考えながら口を開いた。

「答えてくれないなら、こちらの推測を聞いてほしい、というのはどうだろうか？」

鳴弦君は別の切り口から情報を得ようとするようだ。

「夏花君を狙った賊がいたのに、東宮さまが狙われていると藤大納言さまが言う理由は、妖《あやかし》騒動にあるのではないだろうか？」

突然核心《とつぜんかくしん》を突《つ》いてくる鳴弦君に、夏花は息を詰《つ》めた。

「あの時、夏花君だけが麗景殿へ向かった。そこで何か、賊の手がかりを見たのではないか？だからここで、口封《くちふう》じのために夏花君が狙われた」

「そうね。同一犯なら、東宮さまを狙うというのもわかるわ」

鳴弦君の推測に、泣君も頷いて夏花を見据《みす》えた。

「どうなん、夏花君」

「えっと……」

当たらずといえども遠からずと言ったところだが、正直に答えるわけにもいかない。

言い淀《よど》む夏花に、泣君は身を乗り出した。

「そちらは何か疑ってるようやけど、東宮さまに何かあれば、東宮妃にもなれないんよ」

東宮妃になるという目的のためには、東宮が必要なのだと泣君は言う。

東宮妃候補となって東宮の側《そば》に仕えている以上、今さら他《ほか》に嫁《とつ》ぐのも難しい。

そんな思いから発された泣君の言葉は切実だった。

夏花は、暴露した藤大納言を窺《うかが》う。変わらず疑いの目で東宮妃候補を見ており、東宮を廃《はい》そうと考えるだろう理由を口にした。

「源氏筋なら、東宮に立てる方が他にいらっしゃいます。平氏なら、懇意《こんい》にする院の御子《みこ》がそうですわ」

東宮妃候補の血縁には、東宮を廃そうと画策する理由がある。そう突きつけられた泣君は、頬《ほお》を攣《つ》らせて応酬《おうしゅう》した。

「それを言うたら、藤原の影響《えいきょう》の薄《うす》い東宮さまは疎《うと》ましいでしょうね」

藤大納言にも、東宮を狙う理由があると、泣君は睨《にら》み合う。

東宮妃候補にも、東宮が狙われる理由は想像がついているのだ。東宮が立つ前に、東宮の候補として名の上がった者たちが、自滅《じめつ》するような争いがあったのだから。

東宮の地位が安泰《あんたい》だと、楽観していたわけではなかった。

「……いいだろうか」

不意に、鳴弦君が注目を集めるように言った。

「私は、共にすごす中で、皆のことを信頼《しんらい》している」

突然の告白に、言い合いをしようとしていた藤大納言と泣君も黙《だま》る。

「だからこそ、東宮妃候補として競《きそ》うなら持てる術《すべ》を駆使《くし》して挑《いど》む心積もりだ。もちろん、皆が力の限り東宮妃となるために私に挑むのなら受けよう。だが、現状は競い合うような場合でもない」

東宮妃になるためにはまず、東宮の安全が優先であり、誰《だれ》が東宮妃に相応《ふさわ》しいかと争う必要はないはずだ、と。

何が言いたいのか真意はわからずとも、鳴弦君が真面目《まじめ》に言っているのは真摯《しんし》な声音から窺えた。

「競うに足る方々だと信頼はしているが、私の信頼は、見ないふりで問題から目を背《そむ》けることではない。信頼しているからこそ、頼《たよ》ってほしいと、手助けをしたいと思うんだ」

口を引き結んだ藤大納言を一瞥《いちべつ》して、泣君が鼻を鳴らす。

「ふん、鳴弦君もたまにはいいことを言いますわね。今さら除《の》け者だなんて、いけずはしないでいただきたいわ」

事情を知らないままで、退《ひ》く気のない泣君と鳴弦君。

夏花には、二人の言葉に嘘《うそ》はないように聞こえる。

藤大納言も、東宮を狙う一連の事件に関与《かんよ》していないと、信じてはいるだろう。

だからこそ、東宮が狙われていると一番危険な可能性を告げた。

「お心を聞き、答えもせずに黙《もく》するのは、なんとも甲斐《かい》のない対応でしょうね。気持ちというものは、取り引きするように同程度を必ず返さなければいけないものでもないのですが……」

一旦《いったん》言葉を切った夏花は、真っ直《す》ぐに見つめてくる三対《つい》の目を見返す。信頼が口だけではないと物語るように、東宮妃候補たちは急《せ》かさず続く言葉を待っていた。

「……京へ来て以来、私は偽《いつわ》りを口にすることが多くなりました。そんな私を、皆《みな》さんは信頼すると言ってくださる。いったい、その目に私はどう映っているのかしら？」

夏花が言葉遣《ことばづか》いを繕《つくろ》ったまま問えば、藤大納言は呆《あき》れた様子で眉《まゆ》を顰め、泣君は不服げに

唇《くちびる》を尖《とが》らせる。鳴弦君は困ったように苦笑《くしょう》した。

心中を如実《にょじつ》に語る表情に、夏花は笑ってしまう。

東宮妃《とうぐうひ》候補たちは、夏花が姫らしく振《ふ》る舞《ま》う裏にある、姫らしからぬ性格と行動を知っている。公《おおやけ》にすれば夏花の醜聞《しゅうぶん》となりえる情報を、決して漏《も》らそうとはしない。

普段《ふだん》争う立場にあっても、助けた恩に報《むく》いようとしてくれる真摯な姿勢か、競い負かしてこそ意味があるという直向《ひたむ》きさか。

どんな理由であれ、夏花はそんな東宮妃候補たちの対応を快く思っていた。心通う何かが育《はぐく》まれつつあると、信じられるのだ。

そんな東宮妃候補にこうまで言われて、答えられないような自分では恥《は》ずかしい。何より、信頼を寄せられて答えられない不誠実な人間ではいたくなかった。

夏花は一度目を閉じると思案し、心を決める。

「わかりました。では、信頼にお応《こた》えしましょう」

夏花の言葉に、泣君と鳴弦君が身を乗り出した。

「と言っても、私の口から言えることは少ないのですが」

そう前置きして、夏花は昨日起こった桃園《ももぞの》での顛末《てんまつ》を教えた。

全《すべ》てを話すのではなく、言いづらい身の上の流は、藤大納言《とうのだいなごん》が幼少から知る警備として語り、賊《ぞく》に襲《おそ》われたのを助けられたが、流の生死は不明であることも告げる。

人死にが出ているかもしれない状況《じょうきょう》に、泣君は戦《おのの》いた。

「ですから、東宮妃になりたいと願う限りは、東宮さまのご指示に従うべきです」

夏花がそう締《し》めくくると、鳴弦君が苦笑する。

「あまり、説得力がないようだ、夏花君」

「あら、お言いつけを破ってばかりの私だからこそ、説得力が増すかと思いましたの」

「……結局、信頼に応えると言っておいて、脅《おど》しかけているだけではないの」

夏花の話を聞いて、藤大納言も呆れた。

ふと、泣君が気づいた様子で夏花に視線を向ける。

「その言い方だと、夏花君は、東宮妃にならずとも良いと言っているようではないかしら」

指摘《してき》されて、夏花は本音が漏れてしまったことに焦《あせ》る。

微笑《ほほえ》みで誤魔化《ごまか》そうとするが、東宮妃候補たちは視線を据《す》えて逸らさない。夏花は言い訳を捻《ひね》り出した。

「……東宮さまが、ご健勝であるなら、私はそれで十分だと思っておりますので…………。この身でお役立てるのなら、言いつけも破りましょう」

東宮だけを危険には晒《さら》せない。その思いは本心だ。

姫君《ひめぎみ》だからと足を引っ張りたいのではなく、己《おのれ》を顧《かえり》みない東宮の助けになりたい。

ただ流を犠牲《ぎせい》にしてしまった今回に関しては、自らの失態だと、夏花は視線を落とした。

「お叱《しか》りを受ける覚悟《かくご》はできております」

東宮に叱られる以外に、今は身の処し方がわからない。流に助けられた命を、恥じることなく生きるにはどうすべきか。

思案に暮れる夏花の言葉に、返る声はない。見れば、東宮妃候補たちは夏花を凝視《ぎょうし》していた。

「く……っ、身を尽《つ》くしても東宮さまを思うその覚悟、私はまだ甘かったようだ」

鳴弦君が悔《くや》しそうに下を向くと、泣君が歯噛《はが》みする。

「むぅ……っ、き、気持ちの深さで、東宮妃が選ばれるわけではないんですからね！」

藤大納言も眉間《みけん》に皺《しわ》を寄せていた。

「ふん……っ、少しだけ、東宮さまが夏花君に目をかける理由がわかりました」

「……え…………？」

東宮妃候補たちの反応の不可解さに、夏花は行き違《ちが》いがあるような気がする。

訂正《ていせい》しようと息を吸うと、鼻孔《びこう》に知った薫《かお》りが届いた。

「この香《こう》は……」

夏花の声に、他の東宮妃候補も気づく。

わざわざ風上に立ったのは、室内に来訪を報《しら》せるためか。

「よろしいかな？　ご説明に上がったものの、必要ないようですが」

外から開けられた襖《ふすま》の向こうに、東宮が現れる。

先触《さきぶ》れもない来訪に、東宮妃候補たちは頭を下げるのも忘れて東宮を見つめた。

「さて、事情を知ったからには、皆に協力を要請《ようせい》したい」

座りもせず、東宮は用件を畳《たた》みかける。夏花もすぐには答えられず、優《やさ》しそうに微笑む東宮を見上げるしかなかった。

ただ、東宮の目は確かに思い決めた強さが感じられる。鬼面《きめん》の賊を捕《と》らえる算段が立ったのだろう。

「昨日の一件で、賊は焦り、包囲を縮めるでしょう。その焦りを、逆手に取ります。姫君方には危害が及《およ》ばぬよう配慮《はいりょ》いたしますので、どうか、ご協力をお願いいたします」


深更《しんこう》、別荘《べっそう》から京へと続く道に設けられた関を大きく迂回《うかい》するように、一台の牛車《ぎっしゃ》が進んでいた。

「おい、あれか？　あの姫《ひめ》が乗った牛車っていうのは」

「そのはずだが……。この距離《きょり》じゃまだ、同じ車だと言い切れないな」

茂《しげ》みに潜《ひそ》む賊は、仲間の慎重《しんちょう》すぎる言葉に眦《まなじり》を吊《つ》り上げる。

「そんなあやふやなことじゃ、いけねぇんだよ……っ」

「大丈夫《だいじょうぶ》だ。確かにあの姫が別荘で牛車に乗ったことは確認《かくにん》しただろう」

賊は近づいてくる牛車から視線を外さないまま、懐《ふところ》から鬼面を取り出した。

「怪我《けが》した侍女《じじょ》は、別荘に残しているのを確認した」

「つまり、牛車に一人か。その分、周りは東宮の側近で固めてあるな」

相手が少数と侮《あなど》れない手練《てだ》れであると、鬼面の賊たちは身をもって知っていた。

「女一人が乗るにしちゃ、進みが遅《おそ》くないか。まるで、車が重いみたいだ」

賊の一人が懸念《けねん》を口にするが、月が明るいとは言え、穿《うが》たれた轍《わだち》の深さは見えない深更。鬼面を被《かぶ》る仲間が杞憂《きゆう》だと笑った。

「音を気にしてるんだろう。車輪の音は響《ひび》く」

辺りは田畑が広がるばかりの郊外《こうがい》。関で焚《た》かれた火も届かない静かな場所。

「…………今度こそ、やるぞ。これ以上の失敗はもう、取り返しがつかねぇ」

恨《うら》めしげな声音《こわね》で言う賊に、仲間が不安を払拭《ふっしょく》したい様子で問う。

「本当にあの女を人質《ひとじち》にとって、上手《うま》くいくのか？　東宮は、誘《おび》き出せるのか？」

日中、偶然《ぐうぜん》見つけた夏花を仲間が襲った。成功していれば良かったものの、邪魔《じゃま》が入ったことで失敗してしまっている。

そのことで東宮が東宮妃候補に接触《せっしょく》し、状況が賊にとって悪い方向へと傾《かたむ》いてしまったのだ。

別荘では、夜を徹《てつ》して火が焚かれ、明日京へ戻《もど》る準備が大急ぎでなされている。警備に賊が紛《まぎ》れている別荘など早々に引き払《はら》い、身の安全を確保する算段なのだろう。

もはや、別荘で東宮や夏花の隙《すき》を見て襲《おそ》うのは無理だった。

「東宮も、殺させないためにこうして逃《に》がしてんだろ。今は牛車に集中しろ」

夜更《よふ》けになって、隠《かく》れて牛車が用意されたことを賊は察知した。見張っていると、夏花が乗り、警護を固める様子があったのだ。

比して、別荘の中では牛車の準備を悟《さと》られないよう明々と火を焚く様子が、憚《はばか》らず行われた。賊の目には、その明るさこそが陽動のように映ったのだ。

夏花個人が狙《ねら》われているとわかったからこそ、東宮は密《ひそ》かに夏花だけ先に京へ逃がそうとしている、と。

夏花につけた分足りなくなった側近の警護を補うため、夜を徹しての準備を言い訳にした灯《あか》りの多さ。

賊が容易《たやす》くは近づけない上に、東宮も護身の心得があるのは妖《あやかし》騒動《そうどう》の時にわかっている。東宮に近づくのも難しければ、鬼《おに》を騙《かた》って殺すことも難儀《なんぎ》する状況。

そのために、一人別荘を離《はな》れた夏花を狙い、人質にして東宮を諸共《もろとも》に殺す算段を立てた。

「何、人質と言っても、殺したって構わねぇんだ」

「そうだ。呼び出す口実になりゃいい」

抵抗《ていこう》するようなら殺す。血のついた着物を届けて、東宮《とうぐう》を誘き出すだけでもいい、と。立場上、東宮は夏花を見捨てられないのだ。夏花をここで捕らえれば、別荘から逃げることもなくなる。

賊《ぞく》は速度を変えず近づく牛車を捉《とら》えて、頷《うなず》き合う。

牛車が所定の位置に到達《とうたつ》し、賊の目にもはっきりと標的が映った。

牛車を囲むのは、牛飼いも入れて七人。別荘の牛飼いは頭数に入れなくていい。

敵は六人、賊も六人。

「逃げられないようにしろよ」

そう言って、賊は二手にわかれた。

狙うは、片側を山に、もう片側を人の頭より高く盛った畦《あぜ》の土壁《つちかべ》に挟《はさ》まれた道。狙いの場所に入った牛車を、賊は素早《すばや》く前後から挟み撃《う》ちにした。

月に光る白刃《はくじん》に、牛飼いが悲鳴を上げる。

「ひぃ…………！　お、鬼……っ？」

鬼面に戦き震《ふる》えあがる牛飼いは、無様に尻《しり》もちを突《つ》き、牛も驚《おどろ》き動きを止めた。牛車は大きく揺《ゆ》れて、車輪が軋《きし》む。

「鬼面だ！　鬼面の賊だ！」

「賊が出たぞ！　構えろ！」

警護についていた側近たちは、すぐに抜刀《ばっとう》し、牛車を守る体勢で構える。

牛車は賊に囲まれ、逃げ場はない。進むにも戻るにも、賊を打ち倒《たお》す他《ほか》、道はなかった。

月の明るい夜道に、剣戟《けんげき》の音が響く。

鬼面の賊も決死の覚悟で側近に斬《き》りかかり、その気迫《きはく》の違いが戦況《せんきょう》の優劣《ゆうれつ》を動かす。

東宮の側近が次つぎに負傷し、牛車を守る人の壁《かべ》が崩《くず》れた。

「おら、邪魔だ……！」

斬りつけられ、怯《ひる》んだ側近を蹴《け》り倒した賊が、牛車の御簾《みす》に手を伸《の》ばす。

乱暴な手が触《ふ》れようとした瞬間《しゅんかん》、御簾の内側から白刃が突き出された。

「ぎゃ……っ、この！」

手を斬られ戦《おのの》く賊に、牛車から薄紅《うすべに》の袿《うちき》を頭から被った人物が現れる。

慣れた仕草で白刃を薙《な》ぐ姿に、鬼面の賊は瞠目《どうもく》した。

「こいつ………、あの姫じゃないぞ！」

側近と切り結んでいた賊たちは、仲間の声にたじろぐ。戸惑《とまど》いは隙を生み、賊の攻勢《こうせい》に陰《かげ》りを生んだ。

同時に、袿で顔を隠した人物は悠々《ゆうゆう》と牛車を降りる。身を屈《かが》めた姿は、夜の影《かげ》で女にも見間《みま》違《ちが》えそうだが、賊へと向かって刀を振《ふ》るう鋭《するど》さが、姫と呼ばれる者ではないと物語っていた。

「てめぇは、誰《だれ》だ……！」

袿の人物の刀を受けた賊の誰何《すいか》に、小馬鹿《こばか》にしたような失笑《しっしょう》が返される。

賊が鬼面《きめんご》越しにもわかる憤怒《ふんぬ》の気配を漂《ただよ》わせると、横から賊の仲間が加勢し斬りかかった。

音で敵の接近を察したのか、袿を脱《ぬ》ぎ、投げることで敵の視界を塞《ふさ》ぎ、距離を取る。

「この！　こんな物で……っ」

袿を叩《たた》き払った賊は、相手を視界に収めると、言葉を失《な》くして顔を歪《ゆが》めた。

「なんで……、お前が………！」

予想外の状況《じょうきょう》に、切り結んだ賊も取り乱し、指を突きつける。

賊の困惑《こんわく》を眺《なが》めて、袿を脱ぎ捨てた人物はもう一度失笑してみせた。

「どうしてここにいるんだ！」

「嘘《うそ》だろ……っ、と、東宮がなんで！」

月光の中、白刃を握《にぎ》って現れたのは、別荘にいると思い込んでいた東宮本人。

鬼面の賊が周囲に目を走らせると、一度は崩れた側近たちはすでに体勢を立て直している。

重傷者はおらず、気迫に押されはしたものの、全員が軽傷で済むよう立ち回ったことが窺《うかが》えた。

賊は罠《わな》にかけられたことを察して目を剝《む》く。

刀を構え直した東宮は、笑《え》みを収めて賊を睨《にら》み据《す》えた。

「女一人と侮り、囲み襲《おそ》うなど言語道断。不埒《ふらち》者どもめ、覚悟《かくご》しろ。……さぁ、鬼退治《おにたいじ》の時間だ」

叱責《しっせき》する東宮の声に、賊は圧《お》されたように一歩足を引いた。

七章　鬼退治

夏花は、牛車《ぎっしゃ》の外から聞こえる剣激に身を硬《かた》くしていた。

「牛車に乗ってるのはあの姫で、お前は別荘《べっそう》にいるはずだろう！」

東宮の登場に慌《あわ》てる賊の一人が叫《さけ》んだ。

夏花が身を縮めると、一緒《いっしょ》に牛車に潜む門原が肩越《かたご》しに振り返って落ち着かせるように微笑《ほほえ》んだ。

外からは切り結ぶ音の合間に、答える東宮の声が聞こえる。

「お前たちが焦《あせ》り別荘にいる内にと、包囲を縮めようとすることは容易に想像がついた。包囲を形成しようとする中、その包囲に残る者と抜《ぬ》け出した者、どちらを追うかなど考えるまでもない」

京に逃げられ、討伐《とうばつ》隊でも組織されれば、賊は東宮を首尾《しゅび》よく片づけたとしても、逃げ延《の》びることとさえ難しい。

「その様子からすると、私が正殿《せいでん》にいると疑っていなかったようだな。お前たちの悪事は全《すべ》て

「……ご高説、どうも。だが、俺たちの狙いは最初からあんただ」

わかっていても、東宮が狙われている姿を眺めるだけという状況が歯痒《はがゆ》い。

戦意を削《そ》ぐ東宮の作戦なのだから。

てはいけない。夏花を守ると同時に、鬼面の賊に狙いは全て看破されているという圧をかけ、

鬼面の賊を釣《つ》るため、同行を要請《ようせい》された夏花だったが、本当に牛車に乗っていることがばれ

夏花に扮《ふん》していたように語る東宮は、賊たちの殺気を浴びても揺るがない。

せかけた囮《おとり》に食いつくと思っていた」

「東宮妃《ひ》候補方は、侍女《じじょ》たちと固まっており襲うには難しい。だからこそ、こうして少数に見

夏花がそんな守りから抜け出たのは、まさにこの状況を作り出すため。

作って守られていた。

んな中で離れだけは、警備を派遣《はけん》した各家から二人ずつ選び、互《たが》いを監視《かんし》させる形で人の壁を

別荘では明々と火を焚《た》き、警備も別荘の使用人も総動員して、帰りの準備をさせている。そ

御簾の向こうの立ち合いを見守る夏花は、指を組んで握り固唾《かたず》を呑《の》んだ。

挑発《ちょうはつ》的に笑う東宮に、鬼面《きめん》の賊は怒《いか》りも露《あら》わな直線的な動きで斬りかかる。

言えばあの時には、ずいぶんと熱を入れて怯《おび》えてみせていたな」

はない。閉め切られた正殿に桃《もも》の花弁を撒《ま》いたのも、調べに入った賊の仲間というだけ。そう

露見《ろけん》していると思え。桃恋鬼などと騙っても、警備に賊が紛れていると知れば何も奇怪《きかい》なこと

声からして、夏花に私怨《しえん》を持つ鬼面の賊が、切っ先を東宮《とうぐう》に突きつけて言った。

罠と知った動揺《どうよう》を抑《おさ》えれば、東宮がわざわざ自ら刃《やいば》の前に現れてくれたのだ。鬼面の賊にとって、この好機を逃《のが》す手はない。

「だろうな……」

東宮は眼前の刃に怖《お》じることなく、苦笑《くしょう》を浮《う》かべた。魚が餌《えさ》に食いついた喜びを誤魔化《ごまか》すように。

ふと、何かに気づいた様子で東宮が横を見る。無防備な横顔が、夏花の不安を掻《か》き立てた。

「姫《ひめ》さま、大丈夫《だいじょうぶ》ですって。東宮の……読みどおりですよ………」

門原が呟《つぶや》くと、辺りに多くの足音が迫《せま》る。

武装した者たちの重く金属音の混じる足音に、賊は浮き足立った。

応じて、東宮と側近は、山林を背に刀を構え直す。

「こうして襲われることを予見していながら、伏兵《ふくへい》の一つも用意していないと思ったか？」

東宮の言葉に応《こた》えるように、警備が道を塞ぐ形で現れる。鬼面の賊は自分たちが囲んだのと同じ形で囲まれていた。

「この道を選べば、この場所で襲ってくるとわかっていたからな」

襲撃《しゅうげき》に適した地形のある道をあえて選んだ東宮は、鬼面の賊の行動を操《あやつ》るように予見していた。

「う……っ、く、くそ………！」

完全に囲まれた賊《ぞく》は、周囲に刀を振って牽制《けんせい》しようとするが、包囲は縮められる。

「大人しく降伏《こうふく》しろ。素直《すなお》に応じるようなら、悪いようにはしない」

勧告《かんこく》する東宮の声は、夜を打つように響《ひび》いた。

一触即発《いっしょくそくはつ》の雰囲気《ふんいき》で、緊張《きんちょう》は高まり、息苦しいほどの殺気が立ち込める。

引き絞《しぼ》られるような圧迫《あっぱく》に耐《た》えかねた叫びが、突然《とつぜん》牛車の脇《わき》で上がった。

「ひぃ、ひぃぁぁああ……っ」

殺気はない。攻撃性《こうげきせい》もない。警戒《けいかい》を呼ぶほどでもなく、最初から眼中外の存在。だからこそ、誰《だれ》もその悲鳴と行動に目を瞠《みは》り、対応できなかった。

「お、ぉお、お助け……！」

夏花は、突然叫びながら御簾が捲《めく》られたことに肩《かた》を跳《は》ね上げる。

牛車に乗り込もうと、這《は》うように手をかけたのは丸腰《まるごし》の牛飼いだった。

「この……っ、来るんじゃねぇよ！」

すぐさま門原は牛飼いを外へと蹴《け》り出し、御簾《みす》を戻《もど》す。

夏花も牛車の奥にいて見られてはいないはず。

そのはずだったが、夏花に私怨を持つ賊が喉《のど》を鳴らして笑い出した。

「くっくっ、誰もいないはずの牛車に、護衛がいる必要はないよなぁ？」

賊の仲間は一斉《いっせい》に牛車を凝視《ぎょうし》する。

賊がこの牛車を襲うと決めたのは、夏花が乗っていると確認《かくにん》したからだ。そうでなければ賊も動かないと、東宮は考えた。

そのために東宮妃候補たちには夏花が離《はな》れからいなくなっても騒《さわ》がないよう協力を求め、東宮自身は正殿にいるかの如《ごと》く偽装《ぎそう》した。

夏花は門原に守らせたまま、賊に気取られることなく終わらせるはずが、恐慌《きょうこう》をきたした牛飼いの予想外の動きで露見してしまったのだ。

「させるな！　かかれ！」

いち早く指示を出したのは東宮だった。

包囲を縮めていた伏兵たちが、賊を捕《と》らえようと動き出す。

夏花は自身が狙われると知って、身構えた。途端《とたん》に、背後にある牛車正面の御簾が大きく揺《ゆ》れる。

「これか……っ？」

迫る手に、夏花は悲鳴を押し殺して避《さ》けた。

「……んの、野郎《やろう》！」

瞬間《しゅんかん》、門原の目が暗い牛車の中で光るような鋭《するど》さを帯びる。

乱暴に突《つ》き入れた賊の腕《うで》を、門原は摑《つか》んで外へと出ていった。

夏花は激しくなるばかりの戦闘《せんとう》の音に、歯を食い縛《しば》って顔を上げる。

ここで怯えて動けなくなっては、東宮に迷惑《めいわく》がかかるのだ。恐怖《きょうふ》に俯《うつむ》くのではなく、敵の動きを見て自分の身を守らなければならない。

牛車正面の御簾を見ると、門原が自らを盾《たて》に夏花を守っている。警戒すべきは後ろ、と目を向けた途端、牛車に向かってくる鬼面の賊を見た。

鬼面越《ご》し、御簾越しであっても肌《はだ》に感じられる殺意は、知っている。

夏花に私怨を抱《いだ》く鬼面の賊が、迫る警備たちを切り払《はら》って近づいて来ていた。

包囲された賊は絶体絶命のはずだが、暗殺を請《う》け負うほどの腕前は侮《あなど》れない。時間をかければ消耗《しょうもう》させられるものの、それは賊もわかっている。

だからこそ活路を見出《みいだ》すために、夏花の命を盾に使おうと狙っているのだ。

牛車と鬼面の賊を阻《はば》んでいた警備が斬《き》り倒《たお》され、夏花から返り血を浴びた鬼《おに》の姿が見える。

抑えきれない震《ふる》えに肩を揺らした瞬間、賊を阻むように立ちはだかる者が現れた。

「させるか……！」

山林への逃走《とうそう》を防いでいたはずの東宮が、夏花を守るため牛車を背に構える。

そんな東宮を、鬼面の賊は嘲笑《あざわら》った。

口元が見えるほど鬼面をずらした賊の口には、小さな笛が咥《くわ》えられている。

「あれは……っ、まさか逃《に》げる時の………！」

された。

妖《あやかし》騒動《そうどう》の折にも聞いた笛の音。夏花が意味に気づくと同時に、撤退《てったい》を報《しら》せる笛が吹《ふ》き鳴らされた。

「あ、この……！」

「待て！　逃がすな！」

牛車《ぎっしゃ》の前後から、逃亡《とうぼう》する賊を捕らえようと慌《あわ》てる声が上がる。

牛車を守ろうと固まっていたために、山林へと逃走する隙《すき》をみせてしまったのだ。

夏花を狙うかに見えた賊も、すぐさま山林へと駆《か》け出す。

「く……っ。一人でもいい！　捕《つか》まえろ！」

東宮の命令がなくとも、側近も警備も賊を追おうとするが、包囲のため密集しており、仲間同士で体がぶつかり合い、素早《すばや》くは動けなかった。

御簾ににじり寄った夏花は、暗い山林の中へと飛び込む鬼面の賊の背中を見る。

「待て！　殺すな！」

東宮の命令も遅《おそ》く、何人かの賊は背後から止めようとした警備たちの攻撃を受け致命傷《ちめいしょう》を負う。

夏花に私怨を持つ鬼だけが、木々を盾に山林へと踏《ふ》み込んだ。

「……逃げられた…………っ」

夏花が悔《くや》しさを嚙《か》み締《し》めた途端、何故《なぜ》か一度は山林へ入った賊が、斜面《しゃめん》を転がり落ちてくる。

「なんだ、今の……っ」

獣《けもの》のように地を這って起き上がった賊は、山林を睨《にら》みつけた。

その顔を覆《おお》っていた鬼面《きめん》は、強い衝撃《しょうげき》を受けたのか、額から頬《ほお》まで罅《ひび》が入っている。

「と、捕らえろ！　絶対に逃がすな……！」

状況《じょうきょう》はわからないながら、東宮は指示を叫《さけ》ぶ。応じた側近と警備たちは、刀を納めて縄《なわ》を手に、鬼面の賊へと殺到《さっとう》した。

瞬《また》く間に、抵抗《ていこう》できないよう地面に押さえつけられた賊に縄がかけられる。

「……東宮…………っ」

ようやく手がかりかもしれない賊を捕まえた。

その安堵《あんど》と興奮に夏花が声をかけても、東宮は聞こえていない様子で山林を見ている。

「東宮……？」

夏花はこっそり御簾を押し開いて東宮の見る先を確認するが、山林の深い影《かげ》しかわからない。

もう一度見上げた夏花は、困惑《こんわく》した様子で呟《つぶや》く東宮の横顔を見た。

「………若、君？　……いや、まさか」

東宮は自ら否定して首を横に振《ふ》る。

夏花も呟きの意味がわからず首を傾《かし》げる他《ほか》なかった。

「姫《ひめ》さま、無事ですか？」

「門原どの。そっちこそ、怪我《けが》はない？　……ねぇ、さっき賊が転がり落ちて来たけど、誰《だれ》かいたの？」

牛車の正面から声をかけてくる門原に、夏花は山林にも伏兵《ふくへい》がいたのかを問う。

「さて……、誰かいたようには見えませんでしたね。見た感じじゃ、木にぶつかったか、斜面に足を取られたかじゃないですか？」

言いながら、門原も山林を見透《みす》かすように目を細めた。

不意に、背後の御簾が音を立てる。振り返ると、東宮《とうぐう》が牛車に上がり込んでいた。

「長姫……、すまない」

「え？　なんで謝るの？」

「捕らえられた賊は一人だけだ。それに、守ると言っておいて、結局危険な目に遭《あ》わせた」

「そんなの……、待って！　頭を上げて、東宮」

謝罪と共に頭を下げようとする東宮を、夏花は肩《かた》を押さえて止めた。

「ここに来ることを承諾《しょうだく》したのは私だし、こうして無傷なんだから、東宮はちゃんと守ってくれたんだ。何も謝ることなんかない」

言い切る夏花に、東宮は困ったように眉《まゆ》を顰《ひそ》めた。

「もっと、危険を感じないほどに、守りたいんだ」

「本当に、自分のことは顧《かえり》みないんだから。東宮、怪我はない？」

「あぁ……。掠《かす》り傷程度だな」

言われて初めて自分の怪我を確認した東宮は、なんでもないことのように答えた。

「掠り傷でも、放《ほう》っておくと膿《う》むんだ。別荘《べっそう》に戻ったら手当てしよう」

「お、長姫がか……っ？」

「この足も自分でやったんだから。別に私は血が怖《こわ》いなんて言わないよ」

狼狽《うろた》える東宮に、夏花は少しでも役に立ちたい思いのまま迫《せま》る。

「ま、待て、その……、長姫にそんなことはさせられ――」

東宮が断りの言葉を口にしようとすると、外から側近が声をかけた。

「東宮さま、失礼いたします。遺体を数えたところ、賊の数が想定よりも少なく……。別荘にまだ賊徒《ぞくと》が潜《ひそ》んでいるかもしれません」

「そうですか。それではすぐに別荘へと戻り、遺体の顔を警備担当者に確認させ、所属を明らかにしましょう」

まだ鬼面の賊が別荘に残っているかもしれない。

その報せに、夏花は別荘で待つ東宮妃《ひ》候補たちを思い描《えが》く。

両手の指を組み合わせて不安を鎮《しず》めようとする夏花に、東宮は手を重ねて頷《うなず》いてみせた。

別荘へと戻《もど》り、鬼面の賊の仲間を捜《さが》した東宮だったが、すでに逃げ散った後だった。

警備に姿が見えなくなった者が四人おり、それが賊の仲間だったと思われる。

離《はな》れに戻された夏花だったが、東宮妃候補たちが寝静《ねしず》まったのを機に、まだ薄暗《うすぐら》い早朝、門原に無理を言って別荘の小寝殿《こしんでん》へと忍《しの》んで行った。

「……っ。やはり来たか」

東宮は顔を顰めたものの、予想していたらしく止まるよう手で指示を出し、言葉を発さぬよう身振《みぶ》りで命じた。

小寝殿の中にある塗籠《ぬりごめ》には、唯一《ゆいいつ》生け捕《ど》りにできた賊を捕らえてある。

小寝殿周辺には警備がいるものの、内部には側近が見張りに立ち、夏花と門原の姿を咎《とが》める者はいなかった。

それなのに沈黙《ちんもく》を強《し》いるのは、夏花の存在を勘《かん》づかれたくない相手、鬼面の賊がいるからだろう。

夏花の警護についていた門原は、東宮に手を挙げて意思表示をする。意図を察した東宮は、一つ頷きを返した。

「藤大納言《とうのだいなごん》の姫を始め、東宮妃候補たちは眠《ねむ》りましたよ」

藤大納言とあえて門原が言ったのは、昨日から一睡《いっすい》もしていないことと、流を突《つ》き落とした賊を捕まえたことを伝えたと報せるため。

「厳罰《げんばつ》を、とのことでした」

藤大納言の言葉を伝える門原から、東宮は真剣《しんけん》な顔で見つめる夏花に視線を移す。

「働きには感謝している。報《むく》いるよう、善処しよう」

東宮の言葉に、夏花は深く頷いた。

結局、流は見つからないまま一日以上が過ぎている。

生存は絶望的だが、門原はだからこそ、生きて隠《かく》れている可能性が捨てきれないと言ってくれた。

「それで、そっちはどうですかね？」

門原は言いながら、塗籠へと視線を向ける。

賊は尋問《じんもん》中。何か聞き出せたことはないかと、門原は問いかけたのだ。

東宮は一度、塗籠を見て、夏花たちに目顔で移動を促《うなが》す。

小寝殿の対屋《たいのや》へ向かう東宮について行った夏花は、重く疲《つか》れたような息と共に答えを聞いた。

「……口が堅《かた》い」

端的《たんてき》ながら、悩《なや》ましい問題だ。

「聞いて、はいそうですかと答えるわけがないのはわかっていたが。……こちらが焦《じ》れる」

東宮は余人の目がないことで、手近な柱に背を預けた。

疲れの滲《にじ》む東宮の様子に、夏花が気遣《きづか》う視線を向けると、東宮は安心させるように笑ってみせる。

「だが、桃恋鬼の件については吐《は》いた。警備に紛《まぎ》れた仲間と共に、花枝を正殿《せいでん》に突き立て、侵《しん》入《にゅう》したと見せかけ花弁を撒《ま》いたこともな」

鬼面を被《かぶ》って東宮を襲《おそ》ったことは、もはや言い逃《のが》れのしようがない。

そのためか、賊は桃《もも》の花枝を突き立て、桃恋鬼に扮《ふん》したことは最初の内に自白したと言う。

「ただ、妖《あやかし》騒動《そうどう》については黙秘《もくひ》を貫《つらぬ》いている。……少々撫《な》でた程度では吐かないようだ」

撫でた、と表現する尋問内容がどんなものか、夏花には想像がつかない。

「証言者がいるのに、黙秘する理由があるんですかね？」

門原は、不満顔な夏花の心中を代弁した。

話をする小寝殿は大きくない。外には信頼《しんらい》しきれない警備も人手として配してある。

門原は、余人に聞かれる可能性を考慮《こうりょ》したのだ。

「時間稼《かせ》ぎかもしれない。例えば、逃《に》げた仲間が助けに現れるのを待っている、とか」

別荘に残っていた賊の仲間と思《おぼ》しき者たちは逃げてしまっている。ありえなくはない考えだ。

「じゃ、すぐに京へ帰りますか？」

門原は散歩にでも誘《さそ》うような軽さで聞いた。

生き残った賊を奪還《だっかん》させないためには、手の届かない場所へ移動してしまうほうが早い。

京なら人目が多く、一度大罪人として公表すれば、簡単には賊の仲間も手を出せなくなる。

「いや……。できれば、こちらで聞き出したい」

そう答えた東宮の目には、懸念《けねん》の色があった。妖騒動の折にも、内裏《だいり》の再建という現場に、賊の手は及《およ》ばなくとも、京には黒幕の手が届く。

妖に扮した賊は潜んでいたのだ。

東宮は、京を信用していない。

若君が殺され、身分を偽《いつわ》った時からなのだろう。

「じゃ、背後関係はどうです？　ちょいちょいと、かまをかけたりして？」

門原のふざけるような言葉遣《ことばづか》いにも、東宮は厳しい面持《おもも》ちのまま、首を横に振る。

誰の命令で、何を目的として東宮を狙《ねら》うのか。賊は核心《かくしん》については吐かないらしい。

さらに問うように眉を上げてみせる門原に、東宮は夏花に気遣わしげな視線を向けて答えた。

「あの賊を警備として派遣《はけん》したのは、……源氏筋に当たる貴族だ」

源氏筋というからには、源氏ではないのだろう。

直接は関係ないかもしれないとは思いつつ、夏花は湧《わ》き上がる疑念に息を詰《つ》める。

源氏筋の血を引く、泣君を脳裏《のうり》に描いて。

「桃恋鬼が賊で、東宮を狙ってるって、話しちゃったのは……まずかったかな？」

藤大納言は流という犠牲《ぎせい》を出しているものの、別荘で行われた凶行《きょうこう》という場所を考えれば、藤原家が怪《あや》しいと言える。

同時に、実行犯が源氏筋からの紹介《しょうかい》となると、血縁者《けつえんしゃ》に影響力《えいきょう》を持つだろう源氏自体が怪しくなる。

己《おのれ》の言動を省《かえり》みて悩む夏花に、東宮《とうぐう》はふと笑《え》みを零《こぼ》した。

「まずかったと俺が答えたとして、何かやることが変わるのか？」

指摘《してき》され、夏花は鳴弦君が信頼しているからこそ教えてほしいと、心中を語った時のことを思い出す。流の死を嘆《なげ》き真相を求める藤大納言も、当事者となる覚悟《かくご》を決めて信頼を口にした泣君と鳴弦君にも嘘《うそ》はなかった。

そう、夏花は信じている。

「あの時、東宮妃候補の中に偽りを語る者はいなかった。私は話したことが間違《まちが》いだとは思わない。——東宮妃候補たちを信じてるからこそ、潔白を証明するために探《さぐ》ることはやめない」

迷いを払《はら》って見つめる夏花に、東宮は頷いてみせた。

「こちらのやることも変わらない。全《すべ》てを疑い、数多《あまた》の疑惑《ぎわく》を晴らすため賊の尋問を続ける」

東宮妃候補が関《かか》わっていようといまいと、東宮は若君の仇《かたき》を討《う》つため持てる手を尽《つ》くす。

疑惑が一つ増えたところで、夏花も東宮もやることは変わらないのだ。

ふと夏花は、答える東宮の目の下に隈《くま》が浮《う》かんでいることに気づく。顔色も、あまり良いとは言えない。

思えば、夏花が攫《さら》われた夜からまともに寝《ね》ていないのだろう。

桃恋鬼の花枝が刺《さ》された別荘到着《べっそうとうちゃく》の日から今日まで、命を狙われていたのだから。

夏花は東宮の体調が気がかりになった。

顎《あご》を撫でながら考え込んでいた門原は、東宮に思いつく限り問いを向けた。

「遺体と残された武器類から、探ることはできないんで?」

「できなくはないが、時間がかかる上に、白を切られれば追及《ついきゅう》しようがない。……やるとすれば、京に戻ってからだ」

妖騒動の折、夏花が手に入れた手がかりの短刀のように、何処《どこ》で作られ、誰《だれ》が発注したか、調べる術《すべ》はある。

ただ短刀を調べた時同様、相手が知らないと言えばそれ以上の追及は難しい。それでも、今回は生きた証人がいる。東宮暗殺を仕組んだ実行犯がいる以上、疑われた者は白を切るという半端《はんぱ》な誤魔化《ごまか》しは通用しなくなる。

「つまり、後回しですか。じゃあ、今は何を聞いているんで?」

桃恋鬼を騙《かた》ったことは吐いた賊だが、妖騒動についても、指示を下した人間についても喋《しゃべ》らない。

そんな状況《じょうきょう》とは言え、夏花と門原が小寝殿《こしんでん》に忍《しの》び込んだ時には、塗籠《ぬりごめ》から恫喝《どうかつ》するような声が聞こえていた。

今も、尋問は続けられている。

「……妖に見せかけるという作戦は誰が思いついたのかと、聞いている」

硬《かた》い東宮の声音《こわね》で、夏花はそこからどんな答えを引き出そうとしているのかに気づいた。

ひと月前に起こった妖騒動は、暗い夜に寝込みを襲い、逃げる際には放火するという手口が、若君が殺された状況に似ていたのだ。

鬼面《きめん》の賊《ぞく》が夏花に私怨《しえん》を持つに至ったのは、その妖騒動の際に邪魔《じゃま》をされたから。

今回の桃恋鬼を騙る賊と、妖騒動を引き起こした賊が同一犯であることに間違いはない。であるならば、似た手口の若君暗殺も同じ人物、もしくは黒幕が画策したことかもしれないのだ。

夏花は答えを求めるように東宮を見る。若君の死の真相を知りたいのは、夏花も同じだ。

黙秘を貫く賊の口を割らせる手助けはできないかと、夏花は声を潜《ひそ》めた。

「私が……、賊を挑発《ちょうはつ》してみようか？」

「駄目《だめ》だ」

「それはいただけません」

ほぼ同時に、東宮と門原から制止の声が上がる。

その反応の速さに、夏花は唇《くちびる》を尖《とが》らせた。

鬼面の賊に攫われた時、賊は私怨とどうせ殺すという慢心《まんしん》から、妖騒動の犯人であることを夏花に漏《も》らした。

同じように、夏花相手にならば油断することもあるかもしれない。そう思っての提案を、一考もせず却下《きゃっか》された夏花は肩《かた》を落とした。

夏花に一瞥《いちべつ》を向けた門原は、東宮に肩を竦《すく》めてみせる。

「とは言え、怒《おこ》らせて判断力鈍《にぶ》らせるのは、ありだとは思いますよ」

「……そうだな。その線で揺《ゆ》さぶってみよう」

東宮も、夏花の提案を汲《く》み取った門原の言葉に応じた。

夏花は、一度目を閉じる。賊が捕《つか》まったからと言って、まだ安堵《あんど》はできない。それでも一歩、真相に近づけるかもしれないことで、意気が高まる。

「話せることはこれ以上ない。……ずっと起きていて、疲《つか》れただろう。もう戻《もど》って休め」

東宮は柱から背を離《はな》して、夏花に離れへ戻るよう言う。

思いがけず投げかけられた、案じるような言葉を受け、夏花は眉《まゆ》を顰《ひそ》めた。

「どうした？　まだ何か――」

「疲れているのは、東宮も同じじゃないか」

自分だけ安穏《あんのん》と休んでいられない。そう物語るように見つめる夏花に、東宮は小さく息を吐《つ》いた。

それだけでも疲れの窺《うかが》える東宮を煩《わずら》わせるのは、夏花の本意ではない。

ただ東宮にも休んでほしい。

そう言っても東宮はやることがあると言って、休みはしないだろう。側近に任せきりにすることも、責任感からできないと想像できる。

ふと、牛車《ぎっしゃ》の中で交《か》わした会話を思い出し、夏花は手を打った。

「よし、私は一度休もう。そして、起きた後に東宮を手当てするから、その時に東宮は休んでくれ」

「は……？　あ、あの牛車で言っていたことか。いや、それは………」

「するって言っただろう。大丈夫《だいじょうぶ》。東宮は横になっているだけでいいから」

牛車の中では忙《いそが》しく、諾否《だくひ》を告げられていないことを逆手に、夏花は押しとおす。

埒外《らちがい》の答えにまともな返答もできない東宮から、夏花は背を向ける。拒否《きょひ》される前に逃《に》げを打った。

「東宮、絶対だからね」

夏花が念押しすると、東宮は困った様子で瞬《まばた》きを繰《く》り返す。

そんな様子に、門原は口を押さえて笑いを堪《こら》えていた。

緩《ゆる》みかけた空気が、一瞬《いっしゅん》で引き締《し》まる。

外に目を向けた東宮と門原に、夏花は遅《おく》れて近づく慌《あわ》ただしい足音を聞いた。

「と、東宮さまに、至急、至急お伝えいたしたき儀がございます！」

走り込んだのは、別荘《べっそう》の下仕え。

警備が一度下仕えを止め、用件を聞くらしい問答の声が聞こえて来た。

門原の手ぶりで、夏花は一度小寝殿から出るのを待つ。

「そ、それが……っ、京より、使者がいらっしゃり！」

取り次がずとも用件は聞こえ、東宮は顔を顰めた。

不意に夏花へ目を向けた東宮は、戸に手をかける。

このまま外へ出ると伝える東宮。頷《うなず》いた夏花は手近な几帳《きちょう》の陰《かげ》へ門原と共に隠《かく》れた。

「その話、聞かせていただきましょう」

回廊《かいろう》へと出た東宮へと、警備共々下仕えが地面に膝《ひざ》を突《つ》けるらしい音が立つ。

「こ、これは東宮さま！」

「それだけ慌てているのです。火急の使者がいらっしゃったのでは？」

東宮が促《うなが》すと、下仕えは唾《つば》を飲んで用件を伝えた。

「そ、それが……。紫女御さまがお戻りになると。すでに京を発して、日の出には着くそうです」

「何……っ？」

思わず硬い声を発した東宮は、戸惑《とまど》う下仕えの様子に言い繕《つくろ》う。

「それは大変なことです。すぐに、お迎《むか》えの用意をしなければなりませんね」

几帳の隙間《すきま》から、指示を出し始める東宮の背中を見つめていた夏花は、隣《となり》の門原へ聞かずにはおれなかった。

「紫女御さまが、どうしていきなり？」

「さて、京で何かあったと考えるべきでしょうが、どうも時期が……」

言葉を濁《にご》す門原の考えに、夏花も頷く。

桃恋鬼を捕《と》らえてすぐの今、事件解決の機を図ったかのようだと、邪推《じゃすい》してしまう。

まるで、別荘での動きを見張っていたのかとさえ、疑えるほど。

夏花が心配顔で黙《だま》り込むと、門原は差し迫《せま》った問題を口にした。

「姫《ひめ》さま。紫女御が戻るなら、出迎えの準備が必要ですよ」

「そうだね。戻って他《ほか》の方たちにも報《しら》せないと」

まだ寝ている東宮妃《とうぐうひ》候補にも、紫女御の再来を告げるべきだろう。早朝とは言え、最高位の女性の出迎えも歓待《かんたい》もなしでは恰好《かっこう》がつかない。

東宮も紫女御を迎えるべく、尋問《じんもん》は一旦《いったん》中止する旨《むね》を側近と話していた。

離れに戻って準備をした夏花は、紫女御が使っていた東の対屋《たいのや》に東宮妃候補たちと共に揃《そろ》う。

早朝に着いた紫女御は、深夜に京を発したというのに、化粧《けしょう》も装《よそお》いも完璧《かんぺき》に整えていた。

「東宮さまが賊に襲《おそ》われたと聞き、参りましたの。拝見しますに、ご無事な様子。安堵いたしました」

変わらず綺麗《きれい》な笑顔《えがお》のままで心配してみせる紫女御に、東宮も表面だけは取り繕って答える。

「ご心配いただき、お心遣《こころづか》い感謝いたします。すでに賊は捕らえましたので、ご安心ください」

「まぁ、東宮さまご自身でかしら？　別荘の者たちも皆《みな》、大変だったことでしょう」

気配りをする様子で、紫女御は賊《ぞく》を捕らえるに至った経緯《いきさつ》を聞いて来た。

そうして会話する東宮と紫女御は、やはり傍《はた》から見ると穏《おだ》やかに話しているようには見える。

東宮にある程度聞くと、ふと考え込むように紫女御は黙った。

東宮は夏花と共に賊を釣《つ》ったことや、藤大納言《とうのだいなごん》と流の関係などには触《ふ》れず、ごく短く話を終える。

夏花は、そんな東宮が早く尋問に戻りたいと焦《じ》れているのを感じ取った。

紫女御が戻った用件は、賊が現れたと聞いて無事を確認《かくにん》するため。その用事はすでに済んでいるので、東宮は切り上げようと口を開きかける。

「……東宮妃候補の姫君方も、恐《おそ》ろしい思いをしましたね」

紫女御は言葉を発しかけた東宮から顔を背《そむ》けるように、東宮妃候補へと慰労《いろう》の言葉を投げかけた。

「賊に攫《さら》われるなど恐ろしい。夏花君は特に苦労をなさったことでしょう。お話を聞かせてくださいな」

「は、はい……」

高位の相手に請《こ》われては、夏花も断れない。

尋問に戻りたい東宮の気持ちがわかっているからこそ、心苦しい思いが募《つの》る。

努力して短く話を纏《まと》めても、不安げな声を上げる紫女御に話を掘《ほ》り下げられ、なかなか会話が途切《とぎ》れなかった。

「本当に、夏花君は大変な不幸でございましたね」

「いえ、今となっては――」

否定しようとする夏花から目を逸《そ》らし、紫女御は藤大納言へと声をかけた。

「お顔の色が優《すぐ》れないようだけれど、やはり恐ろしくて眠《ねむ》れませんでしたか?」

紫女御は夏花の話が終わると、他の東宮妃候補にも話を振《ふ》って会話を続ける。

紫女御の話術が巧《たく》みなのか、話は途切れず東宮が口を挟《はさ》める雰囲気《ふんいき》にはならない。夏花も少しでも早く尋問を再開してもらいたい思いから焦れ始めた。

ふと気を逸らしていた夏花は、外から浮《う》き足立ったような声が風に乗って届くことに気づく。

東宮も気づいた時には、東の対屋に側近が現れた。

平静を装いきれず引き攣《つ》った側近の表情から、変事があったことは察せられる。

手短な断りを入れて、東宮ににじり寄る側近は低めた声で耳打ちをした。

「な…………っ」

押し殺せなかった動揺《どうよう》が、声として漏《も》れる。

「それは……本当、ですか?」

「はい……」

確認する東宮を見つめ、側近は沈痛《ちんつう》な顔で頷いた。

その表情には、何処《どこ》か怒《いか》りとも後悔《こうかい》ともつかない気色がある。夏花は嫌《いや》な予感を覚えた。

口を挟めそうにない重い空気を怖《お》じもせず、紫女御が声をかける。

「如何《いかが》なさいましたの、東宮さま？　また何か起こったのではないかと、東宮妃候補方も心配のご様子ですよ。お教えくださいな」

紫女御から説明を求められ、東宮は迷う素振《そぶ》りをみせた。

一度俯《うつむ》いた顔には影がかかり判然とはしないが、夏花は東宮の口元が悔《くや》しげに歪《ゆが》むのを見た気がする。

返らない答えに、紫女御は安心させるよう笑みを深めた。

「お悩《なや》みがあるなら、お言葉になされば軽くなることもありますのよ」

さらに促され、東宮は一度目を閉じると、長く息を吐《は》き出す。

「…………捕らえていた賊が、自決したかもしれません」

「え…………！」

夏花は咄嗟《とっさ》に口を押さえた。

驚《おどろ》きのまま声を上げたのは藤大納言だ。

「見張りたちは何者かに襲われたようですが、賊は捕らえていた塗籠《ぬりごめ》から出て、奪《うば》った警備の刀で……」

東宮は言葉を濁したが、賊が奪った刀で自決したことは察せられる。

自力で脱出《だっしゅつ》し、逃《に》げられないと悟《さと》っての自決か。

そう見える状況《じょうきょう》と、東宮が含《ふく》みを持たせたことには真意があるような気がする。

夏花は、鬼面《きめん》の賊がどうやって逃げ出したのか、何故《なぜ》自決したのか、理由を探して考え込んだ。

小寝殿《こしんでん》の塗籠という一つしか入り口のない場所から逃げ出すのは難しい。元より、賊が縛《しば》り上げられていたのは夏花も見ている。

考えられる脱出手段は、何者かの手引きか。賊の仲間が助けに来たとすれば、何故途中《とちゅう》で自決しなければならないのか。

夏花は、捕らえられた賊が、仲間によって口封《くちふう》じのため殺された可能性に思い当たり、血の気が引く。

そんな夏花の隣で、藤大納言は肩《かた》を震《ふる》わせていた。

紫女御に対応するため、固めていた見張りを一部解かなければならなかった故《ゆえ》の隙《すき》を突《つ》かれた状況に、納得《なっとく》がいかないのだろう。

東宮は無表情を繕うが、胸の内の悔しさは察して余りあった。

「……なんとも、血腥《ちなまぐさ》いことでございますね」

怯《おび》えるように袖《そで》を上げながら、紫女御は御簾《みす》の外にも聞こえるように呟《つぶや》く。

「妖騒動《あやかしそうどう》に、桃恋鬼に、捕らえた賊の自決。はぁ……東宮さまの周りで恐ろしいことが続くこと。まるで呪《のろ》われてでもいるかのよう……」

怖《こわ》いことだと、取ってつけたように言う紫女御に、東宮は目を細めた。

当て擦《こす》りにしか聞こえない紫女御の言葉には、東宮の資質を疑う思いがある。

東宮の正体がばれているかもしれない。若君に対して愛情がないかもしれない。そんな紫女御の感情を慮《おもんぱか》る思いは、言葉を聞いた瞬間《しゅんかん》、夏花の中で押し流される。

必死に守ってくれた東宮を非難する紫女御に、夏花は咄嗟に声を上げていた。

「まさか、呪いなどと。それは全くの見当違《けんとうちが》いでございましょう」

「まぁ、どういうことかしら夏花君？」

一段高い座から見下ろされ、夏花は威圧《いあつ》を感じる。言葉では先を促《うなが》しつつも、余計な口を挟むなと、無言の内に強制するようだ。

「……鬼《おに》を騙《かた》る賊が自ら命を絶ったのなら、それは東宮さまの威光《いこう》に耐《た》えられなかったせいだとは思えませんか？」

苦しい言い訳だが、東宮が悪く言われるのは我慢《がまん》ならない。無理矢理にでも、東宮の今回の行いが悪かったなどとは言わせない屁理屈《へりくつ》を絞《しぼ》り出す。

「元より、恐れ多くも東宮さまを狙《ねら》う賊こそ、呪われていたか、鬼に取り憑《つ》かれていたか。そう考えれば、東宮さまは鬼を捕《と》らえ、威光でもって鬼を祓《はら》われたと言っても過言ではないでしょう」

話を大きくしすぎだとは思うが、これくらい大袈裟《おおげさ》に言わなければ、東の対屋《たいのや》を沈《しず》ませる重い空気は振り払《はら》えない。

顔が引き攣りそうになりながら、東宮《とうぐう》を擁護《ようご》する夏花。いち早く賛同したのは、やはり抜《ぬ》け目のない泣君だった。

「そうですわ。東宮さまは鬼退治《おにたいじ》をなさったのですわ。なんと素晴《すば》らしいことでしょう」

何処か自分に言い聞かせる雰囲気もある泣君の言葉に、鬼退治をしようと実際に動いた鳴弦君が頷《うなず》く。

「おぉ……、東宮さまが鬼退治とは。勇ましく、それでいて私たちを守ってくださる優《やさ》しさをお持ちの東宮さまに、相応《ふさわ》しいかと思われます」

思わぬ賊の結末に、藤大納言は一度唇《くちびる》を噛《か》む。笑《え》みに細めた目の奥で感情を押し殺し、藤大納言も同意した。

「……自ら鬼に立ち向かうことを決められた東宮さまの果敢《かかん》なお姿。わたくし、忘れもしませんわ」

そうして控《ひか》える者たちからも上がる、東宮を褒《ほ》め称《たた》える声。

紫女御の連れた侍女《じじょ》たちも、英雄譚《えいゆうたん》を面白《おもしろ》がるようにさざめき、東の対屋に淀《よど》んでいた空気が軽くなったような賑《にぎ》わいが生まれた。

夏花は東宮妃《ひ》候補たちと鬼退治だと繰《く》り返しながら、紫女御を窺《うかが》う。袖を下ろした瞬間見えた紫女御の表情は、何処か鼻白んだ様子。

「左様ですか……。東宮さまは、勇ましいこと」

侍女に答えた賛同の言葉にも気がない。

「皆《みな》が無事であるとわかった以上、長居する理由もございませんね。あぁ、また吾子《あこ》が寂《さび》しがっていないと良いのだけれど」

そんな呟きを別れの言葉として、紫女御は驚くほど素早《すばや》く、京へと帰って行った。

「……なんだったんだ、いったい…………？」

夏花は、見送る紫女御の牛車《ぎっしゃ》を見据《みす》えて呟く。

賊《ぞく》を捕らえた途端《とたん》戻《もど》った紫女御。

紫女御への対応の隙を突いて死んだ賊。

そして紫女御は、東宮を貶《けな》す以外に用もなく帰った。

間の悪い偶然《ぐうぜん》か。紫女御を疑うには根拠《こんきょ》がない。ただ、目の前に望まない結果があるだけ。それでも偶然と考えるには、相互《そうご》に作用しているように感じるほど、東宮にとって不都合な状況があるのだ。

夏花は不穏《ふおん》な思いを胸に抱《かか》えて、山林の向こうへ消える牛車を見つめていた。

終章　祈りの先

人気のなくなった東の対屋から、逃げるように走り出す人影《ひとかげ》があった。

追うのは門原。

別荘《べっそう》内の人の目が届かない物陰《ものかげ》を選んでの逃走《とうそう》は、山林にわけ入り、体力が尽《つ》きたことで終わった。

「よう、元気そうじゃねぇか。……流」

息が切れて思うように喋《しゃべ》れない流は、恨《うら》めしげな視線を門原に据《す》える。

骨に至る怪我《けが》も負っており、衣服に覆《おお》われているとは言え、体中の怪我からはまだ血臭が拭《ぬぐ》いきれない。怪我人とわかっていながら追い駆《か》け、開口一番に元気そうだとは、とんだ皮肉だった。

流は改めて、門原という夏花の護衛を見る。記憶《きおく》を辿《たど》れば、庵《いおり》の門番をやっていたり、別の山荘《さんそう》の遣《つか》いをしたりしては日銭《ひぜに》を稼《かせ》いで暮らしていた。

顔を合わせた記憶はあるが、日銭稼ぎのため不在も多かったように思う。これだけ正面から顔を合わせて気づかれないことに、流は苦笑《くしょう》を噛んだ。

「で、何してるんだお前。崖《がけ》から突き落とした賊を捕《つか》まえる手伝いした上に、始末したのか？」

門原は、流が昨夜山林に飛び込んだ賊を、東宮たちのほうへと叩《たた》き返したことに気づいている様子。

「まさか。手負いの賊一人ならともかく、この体ではあの警備の中入り込めはしません」

「ま、だろうな。お前、犯人見てねぇの？」

「生憎《あいにく》と。賊の仲間による口封じでしょうが、あれだけ短時間に複数人を襲《おそ》って状況を察知させない相手なら、相当の手練《てだ》れが敵にいると思わなければならないでしょう」

「へぇ……。敵、ねぇ…………？　そんなこと言っていいのか？」

面白がるように揚《あ》げ足を取る門原に、流はやりにくい相手だと再認識《さいかくにん》する。同時に、門原がいるなら、夏花の安全は守られるだろうとも。

「一つ、お願いがございます」

流は門原の問いには答えず、告げた。

「私の存在は、死んだままにしておいてほしいのです」

門原は目を眇《すが》めると、真意を問うように応とも否《いな》とも答えない。

「……少々の願いを聞き入れてもらえるほどには、夏花君の守りに専念したつもりなのですが？」

　実際、命を落としてもおかしくない状況《じょうきょう》だったのだ。

　自らの決断とは言え、初めは門原の要請《ようせい》。

　面倒《めんどう》そうに頭を掻《か》いた門原は、揺《ゆ》るがない流の目を見つめた。

「俺はいいけどよ。……それでお前の主人は納得《なっとく》するのか？」

　流も怪我をおして別荘に侵入《しんにゅう》したのは、孤独《こどく》な恩人を気にかけてのこと。

　東の対屋で垣間見《かいまみ》た藤大納言《とうのだいなごん》は、見るからに窶《やつ》れ疲《つか》れているようだった。死んだかもしれないというだけで、心底から悲しんでくれた心根《こころね》の優しさに感謝すると同時に、流は大きな懸念《けねん》を抱《いだ》く。

「私は……、元よりお側《そば》にはいられない身ですから」

　流は言葉を濁《にご》して苦笑した。身に降る運命の残酷《ざんこく》さに、もはや笑うしかないと言うべきか。

　すでに、鬼籍《きせき》に入っているも同じ。本当に死んでいたほうが、世の混乱を招かずに済むとさえ、山中で目覚めた時には考えた。

　それでもこうして生きて動けるのなら、やらなければいけないことがある。見捨てられない、人たちがいる。

　息を吐《つ》いた門原は、警告をくれた。

「死にざまを偽《いつわ》るなら、その先の人生、偽りしかないぜ？」

「はは……。まさに、私は今、偽りを生きている」

昂《たか》ぶる感情のまま自嘲《じちょう》する流に、門原は怪訝《けげん》な顔をした。

「……すみません。仮令《たとえ》偽りであっても、私にも、守りたいものがあるのです」

流の脳裏《のうり》に過《よぎ》るのは、必死の思いをたったひと言に込めて、頼《たの》むと言った東宮の姿。

自ら危険に身を晒《さら》すような東宮の動きは、隠《かく》された事実を知れば、目的も察せられる。自らを囮《おとり》に敵を捕らえようと、命を懸《か》ける東宮にとって、流は首に当てられた刃《やいば》にも等しい存在だ。身を明かせば、東宮は偽称《ぎしょう》の罪に問われ命がない。側近たちも同罪として裁かれることになるだろう。

「おい、なんか裏事情あるなら教えろよ。姫《ひめ》さまたちには言わねぇから」

門原が鋭《するど》く探《さぐ》りを入れてくる。

流は微笑《ほほえ》むだけで答えることはなかった。

門原は藤大納言絡《がら》みの裏があって、死んだふりをすると思ったらしい。

確かに、流にとって東宮妃になることを目指す藤大納言が、どうすれば幸せになってくれるのかは大きな懸念だった。

他人を思いやる優しさを持ちながら、周りの評価や期待に潰《つぶ》されそうになってしまう繊細《せんさい》さが、今の藤大納言を苦しめている。陰《かげ》ながら見守っていたからこそ、心安らかにすごしてほしいと流は願っていた。

「……夏花君は、…………いえ、なんでもありません」

何故《なぜ》東宮妃《とうぐうひ》候補になったのか。

そう聞こうとして、流は埒《らち》もない問いだと撤回《てっかい》する。

きっと、夏花が危険に身を置くようになった発端《ほったん》は、自分だ、と。

「姫さまがなんだってぇ？　気をつけろとか不穏なこと言うなら、今すぐにでも締《し》め上げて吐かすぞ？」

ふざけたような口調ながら、誤魔化《ごまか》しを許さない眼光を向けてくる門原。

そんな主人を思う姿勢に、流は安堵《あんど》の息を吐いた。

「……怪我の具合が気にかかったのですが、死んだ私が聞くことでもないかと思いまして」

「ふぅん、足の怪我はまだ全然だが、平気なふりして動き回ってるぜ」

「そうですか、悪化しないか心配ですね」

疑いの目を向けられるが、流は知らぬふりで受け流した。

「…………もし、お前がやることが姫さまに利するなら、その時は手を貸してやってもいい」

言って、門原は背を向ける。

「そうだと、いいのですが。今はまだ、なんとも言えません」

流の答えに振《ふ》り返らず、門原は片手を挙げると別荘に向かって戻《もど》っていく。

逞《たくま》しい背を見送って、流は痛む肋骨《ろっこつ》を押さえていた手を離《はな》し見下ろした。

「長姫……。あなたなら、僕の願いを笑って受け入れてくれるかな？」

流は得物を握《にぎ》り続けて節が目立つようになった指を握り込む。

「誰《だれ》も……失わずに済むように」

流は別荘へと背を向ける。

守りたい者たちの願いは決して交わらない。

誰かの望みが叶《かな》えば、誰かの望みが絶たれる。

そんな未来を見るために生き残ったのではないと胸中に念じて、流は山を下りる道を見据《みす》えた。

「生きて果たすべき役割が、私の今生にあるとするなら」

夏花と二度目の出会いを果たした時にかけられた言葉を口にして、流は誰も失わずに済む道を探すように山を下り始めた。


「痛くない？」

「これくらい、平気だと言っただろう」

二人しかいない正殿《せいでん》で、夏花は東宮の手当てをしていた。

思ったとおり、血を拭った後は放《ほう》ってある腕《うで》の傷に、夏花は水を含《ふく》ませた布を押し当てる。

東宮が自己申告《しんこく》したとおり、大きな怪我はない。ただ、荒事《あらごと》の中心にいたことは確かなため、擦過傷《さっかしょう》や打撲《だぼく》が目立った。

「平気でも、怪我をしたら痛いだろう」

知らず眉間《みけん》に皺《しわ》を寄せた夏花の呟《つぶや》きに、東宮は目を瞠《みは》る。

手当てに集中しながら、夏花は怪我を放置してまで東宮が尋問《じんもん》を優先していた状況を思い歯噛《はが》みした。

「あの桃恋鬼を騙《かた》った賊《ぞく》は、本当に自害だと思う？」

「……ありえないな。外からの手引きがあって、口封《くちふう》じをされたのだろう」

東宮は夏花と同じ結論を口にする。状況から考えて、単独で逃《に》げ出せる可能性も、自決する意義もないのだから。

夏花はさらに問おうとして、言葉が喉《のど》に閊《つか》える。

疑うこと自体が不敬であり、確証などない。ただ怪《あや》しいというだけで、口にしていいのだろうかと。

そんな夏花の躊躇《ためら》いを見据えて、東宮は冷静な声音《こわね》で告げた。

「紫女御は、賊を始末するために戻ったのかもしれない」

「……っ、それは…………。確かに不自然な行動だとは思うけど、証拠《しょうこ》は、ないし」

「そうだ。疑いが深まっただけで、紫女御という高位に坐《まし》ます者を罪に問えるほどの疑惑《ぎわく》ではない。今回のことで怪しむべきは、源氏筋だ」

手当てしていた腕から顔を上げた夏花は、冷徹《れいてつ》に敵を見定めようとする東宮の表情に、痛むように目を向ける。

賊から情報を引き出せなかった以上、東宮は自らを囮として危険に晒し続けるのだろう。他人を疑い、常に暗殺の備えに精神を尖《とが》らせ。

夏花は、平気だと言って傷つくことに無頓着《むとんちゃく》にはなって欲しくないと、手当てを再開しながら思う。

「……藤原の姫君《ひめぎみ》には、目を配っていてほしい」

「藤大納言さまを？　流のことで誰よりも心を痛めているのは藤大納言さまなのに」

「だからこそだ。一人で、流の仇《かたき》を捜《さが》そうとするかもしれない」

「あ…………。……わかった。藤大納言さまが無茶をしないように、気をつけるよ」

流は結局、見つかっていない。賊の自決の報《しら》せに、藤大納言がひどく落胆《らくたん》し、そんな自身を叱咤《しった》するように憤怒《ふんぬ》を抱《いだ》いたのは知っている。

悲しみに憔悴《しょうすい》しようとする藤大納言に発破をかけた夏花は、己《おのれ》の責任を感じて請《う》け合った。

若君暗殺の手がかりとなるかもしれなかった賊を殺され、夏花にも焦《あせ》る気持ちはある。

それでも今は、犠牲《ぎせい》にしてしまった命の重みが、胸に迫《せま》った。

ふと瞬《まばた》いた途端《とたん》、睫毛《まつげ》が水滴《すいてき》を跳《は》ね上げる。

「……あ……」

視界が滲《にじ》み、傷を負った東宮の腕が霞《かす》む。

どうしてこうも簡単に、命は失われてしまうのか。

賊でさえ、口封じという不用品を廃棄《はいき》するような理由で殺されたかもしれないのだ。

流も命を懸けて守ってくれたが、その懸けた命が戻ってくることはなかった。

若君の命も、知らぬ間に失われている。

東宮も、掠《かす》り傷では済まない怪我《けが》を負い、命を失うことがあるかもしれない。

そう考えると、夏花は恐《おそ》ろしさに肩《かた》を震《ふる》わせた。

「お、長姫……？」

戸惑《とまど》う東宮の声音に、夏花は慌《あわ》てて手当てのために取っていた腕を放す。

袖《そで》に隠して涙《なみだ》を拭《ぬぐ》おうと腕を上げると、東宮の手が上げかけた腕を止めた。

「……もう、山へ帰れとは言わない」

涙で歪《ゆが》んでいるが、肌《はだ》に感じる東宮の視線。

「今回のことで思い知った。……長姫が狙《ねら》われることが、手放すことが、俺にとってどれほど怖《こわ》いことか……」

目を瞠って新たな涙を零《こぼ》す夏花。

茫然《ぼうぜん》とする夏花の濡《ぬ》れた頬《ほお》を拭うと、東宮は続けた。

「若君のように離《はな》れた途端、二度と会えなくなるかもしれない。そう考えるだけで……恐ろしい」

告げられた言葉に、夏花は一つ息を吐《つ》く。

どうして東宮は、同じ思いが自分にも向けられていると思わないのか。二度と会えなくなることが、恐ろしいのは東宮だけではない。

夏花も、暗殺者の前に己の命を晒《さら》す東宮の死を、恐れている。東宮はいつでも敵を誘《さそ》う囮《おとり》としての役を全《まっと》うしようと、己を顧《かえり》みない。そんな東宮に、夏花の声は届いていないように思えた。

「やっぱり……」

未《いま》だに自分の存在は、東宮の中で若君なくしては語れない者だからだろうか。若君という思い出の中の存在より霞むからこそ、夏花の言を入れないのか。

それだけ東宮にとって、死んでなお若君という存在が大きいことを表しているのかもしれない。だからこそ、若君との記憶《きおく》に繋《つな》がる夏花を必要以上に守り、遠ざけようとするのか。

「それとも……」

目を細める夏花の様子に、今度は東宮が目を瞠る。

二度と会えなくなるのは嫌《いや》だと思うくらいには好かれているのかもしれない。

聞こうとして、夏花は思い止《とど》まる。同時に、頬に熱が宿った。

若君と自分のどちらを思って不安を覚えたのかなど、聞いてどうするのか。

危ないから帰れと突《つ》き放されるよりも、死んでほしくないと心配されるほうが嬉《うれ》しくあるとはいえ。

「自分を見てほしいなんて……」

「長姫、どうしたんだ？」

戸惑いから訝《いぶか》しげな表情に変わった東宮《とうぐう》に、夏花はふと気づいて目を向ける。

考えから俯《うつむ》きがちだった夏花を覗《のぞ》き込む東宮は思いの外近く、目の中に自分の影《かげ》を見つけられるほど。

東宮の目に、東宮自身は映っていない。それと同じように、東宮の中に自分を心配するという考えは、ないのかもしれなかった。

「東宮、どうか真太を殺さないでくれないか」

思わず漏《も》れた言葉を聞き、東宮は息を詰《つ》めた。

「何、を……？」

「若君のふりをしていても、東宮は若君じゃない。それは、真太としての心を持っているからだ。東宮に相応《ふさわ》しい言動を心がけるのはいいけれど、そのために自分本来の心を殺すようなことは、してほしくないんだ」

決して目を逸《そ》らさず見つめ続ける夏花から、東宮が身を引いた。

逃《のが》してなるかと夏花が手を握《にぎ》ると、東宮は驚《おどろ》いたのか硬直《こうちょく》して動けなくなる。

「誰《だれ》かの死が恐ろしいのは当たり前だ。別れはいつだって辛《つら》い。そんな当たり前の気持ちさえ、捨てる覚悟《かくご》なんてしないでくれ」

瞬間《しゅんかん》、東宮の瞳《ひとみ》が揺《ゆ》れる。

それは真太と呼ばれた人間の動揺《どうよう》。若君を模して東宮を名乗る中にも、確かに真太は息づいているのだ。

若君を思ってその死を嘆《なげ》く思いは夏花も同じだ。叶《かな》うなら若君を死に追いやった者に報《むく》いをと願う気持ちも。危険から遠ざかってほしいという考えさえ、きっと同じものだろう。

「近いのに……遠いな……」

東宮は決して夏花を隣《となり》に並ばせてはくれない。現実的な地位ではなく、心の距離《きょり》で。東宮は、必ず夏花を背に庇《かば》ってしまう。

腕力《わんりょく》も権力も、東宮に敵《かな》うものはない。それでも並びたいと願う夏花は、もどかしさに呟《つぶや》いた。

夏花の言葉に、東宮は眉《まゆ》を顰《ひそ》める。迷うような、懊悩《おうのう》するような表情に、夏花は首を傾《かし》げて促《うなが》した。

「……埒《らち》もない、話だ」

「いいよ。真太のことが知りたいから。何か、私に聞きたいことでもあるの？」

雰囲気《ふんいき》から察して問うと、東宮は何かを探すように視線を動かす。

東宮の視線を追った夏花は、文机《ふづくえ》の上に広げられた畳紙《たとうがみ》の上に、赤い桃《もも》の花弁が幾《いく》つも集められているのを見つけた。

「あれは、桃恋鬼の……。そうか、私が攫《さら》われた夜、ここに撒《ま》かれた物か」

「……もし、長姫があの桃の花だったとしたら、鬼《おに》に触《ふ》れられることを、どう思う？」

迷う様子で紡《つむ》がれた東宮の問いは、本当に埒もないことだった。

「私が桃だったら？　……それこそ埒もない答えになるけれど、どうせ死ぬなら、最期《さいご》に焦《こ》がれた花に触れて死んでも良かったのではないかと思ってしまうな」

夏花は、問いを発した東宮の心中を知りたくて答えた。

「どうせ一年待っても餓《が》死《し》してしまうなら、死した後に枝を盗《と》る者に嫉妬《しっと》するくらいなら、その手で手折《たお》って自分のものにしてしまっても、桃としては命がけの決断を責める気にはならないんじゃないかな？」

眉を顰めたまま、東宮は笑おうとして、顔を歪めるだけで終わった。

「東――、……真太………？」

見たことのない表情だった。

それは、もしかしたら真太としての感情の発露《はつろ》だったのかもしれない。

片手で顔を覆《おお》ってしまった東宮に、夏花は慌てて真意を問う。

「ねぇ、今の質問にどんな意味があったの？　桃恋鬼の逸話《いつわ》に、何か気になることでもあるの？」

「な……なんでもない。埒もない問いだと言っただろう。わ、忘れろ…………っ」

「なんでもないいなら、どうして顔を隠《かく》したままなんだ。……あ、耳が赤い」

夏花が気づいた途端、東宮は袖を上げて胸から上を隠してしまった。

「私の答えの何処《どこ》に、耳を赤くする理由があるんだ？　何を思ってあんなことを聞いたんだ？　私は答えたんだから、答えてくれてもいいだろう」

諦《あきら》めず迫る夏花に、東宮は袖の陰《かげ》から抗《あらが》うように言った。

「意味なんてない。ただの気紛《きまぐ》れだ。——本当に、そうやって気になったことに猪《いのしし》のように突《とっ》進《しん》していくのは北山に住んでいたころから変わらない……っ」

文句を言うように漏らした東宮の言葉に、夏花は胸を打たれたような衝撃《しょうげき》を受けて身を引いた。

「あ……、私のこと、知ってたんだ。そう、だよね。…………変わらないなんて言うくらいには、私のこと気にかけてくれていたのか」

夏花は、東宮と再会してもすぐには名前を思い出せないくらいの印象だった。申し訳なさと同時に、若君に関係ない部分でも夏花を認識《にんしき》していることを告げられたような気持ちになる。

「気にかけなくても、僧都《そうず》の所の長姫は童子の間でも話にもよく上っていたし、目立っていた、ぞ……？」

夏花の声音《こわね》の変化に気づき、東宮は言いながら袖《そで》から顔を覗かせる。

東宮が顔を出す気配を察して、夏花は満面の笑《え》みを向けた。

かつて真太のことを教えてくれと言った自分の言葉が、夏花の背を押している気がする。知るためにはまず、こちらから言葉にして伝える必要があるのかもしれない。

桃だったならという東宮の問いには、本当に意味はなかったのかもしれない。けれど、そんな意味のない問答の末に、東宮のふりをすることとは関係のない真太の素顔《すがお》が垣間見《かいまみ》えた気がする。

「ひと枝あげるくらいなら全然いいんだ。それで鬼が満足して生きてくれるなら。触れて死ぬというなら、私が自ら枝を折ろう。欲を言えば、人間を食わずに野の獣《けもの》で我慢《がまん》してくれないかな？　もし意志の疎通《そつう》ができるなら、私は鬼にそう言った交換《こうかん》条件をつけたい。巡《めぐ》る春を一緒《いっしょ》に迎《むか》えて、また共に花を見ようと」

「…………春、を……？　鬼で、あっても、か？」

天が落ちてきたとでも言いたげな東宮の狼狽《ろうばい》ぶりに、夏花は気を良くした。東宮のふりをしていたなら、決して見られない間の抜《ぬ》けた表情だ。

確かに人を食う鬼と、もう一度春を共にしたいというのは恐《おそ》れ知らずかもしれない。それでも、命をかけて花を愛《め》でようとする者に応《こた》えたいと夏花は思った。

「私からも聞こう。そっちが桃で、そうだな……、例えば私が鬼だったとしたら。慰《なぐさ》めにひと枝くらいくれないか？」

会話を終わらせないための思いつきの問い。

東宮は、陸に上げられた魚のように口を何度も開閉したが、声は返らなかった。

「……あぁ、えっと、やっぱり私じゃなくて、若君だったら喜んであげるのかな？」

すぐには答えないのは、そういうことだろうかと、夏花は肩《かた》を落とした。瞬間、東宮は眦《まなじり》を決して答える。

「まず身を削《けず》るような真似《まね》をする前提をやめろ……っ。言っただろう。長姫が損《そこ》なわれるのは、我慢ならないと………」

顔を顰める東宮に、夏花は唇《くちびる》を尖《とが》らせた。同時に、頰《ほお》に熱が上ってくる。

「譬《たと》え話じゃないか。そんなことを言われたら、私も東宮に枝を折って身を削れとは、言いにくい」

「いや、欲しいならひと枝でもふた枝でも好きに持って行けばいい。ただ、手にすれば死ぬような前提では、答えにくいんだ。長姫は、長姫のままでいい」

「それは、つまり……？」

花枝を与《あた》えてもいいくらいには、好意的に見られていると思っていいのだろうか。少なくとも拒否《きょひ》はされていないと、夏花は下を見る。

東宮は気づいているのかいないのか、一度は夏花から握った手が、今は東宮が繋《つな》ぎ止めるようにして握っているのだ。

夏花は、この手を放さないように、置いて行かれないようにしようと胸中に呟く。

触れた手の温《ぬく》もりは手放しがたく、その命が確かに隣にあると感じさせてくれた。

あとがき

『恋《こい》がさね平安絵巻』二巻をお手に取っていただきありがとうございます。九江桜《ここのえさくら》です。一巻を出させていただいたのが一月。二巻の刊行は七月。途中《とちゅう》で別シリーズの続刊を出させていただける運びとなり、半年ぶりの『恋がさね平安絵巻』となります。

今回とある場面で、担当女史から「鳴弦君《つるうちのきみ》のほうが主人公みたいですね」と言われました。性格を考えて台詞《セリフ》にしたところ、なんだかそんな雰囲気《ふんいき》になっています。

ただ実は、以前のシリーズの主人公とヒーローが童話《どうわ》の脇役《わきやく》を主人公にしており、あまり華々《はなばな》しいキャラクターにならないよう考えて書いていました。それに比べて、『恋がさね平安絵巻』は誰《だれ》もが主人公というなんとも極端《きょくたん》な考えで書き始めた作品です。そのため、東宮妃《とうぐうひ》候補たちは全員を主人公っぽく書いている部分があります。

院政時代の藤原氏《ふじわらし》、平氏《へいし》、源氏《げんじ》の姫《ひめ》というだけで、歴史的には主人公張れる家柄《いえがら》だと思えるのは、武士台頭の時代が熱いと私が考えているからかもしれません。後々まで続く、源平の軋《あつ》轢《れき》の端緒《たんしょ》がこの時代にあると考えると一人楽しくなって書いています。

ただ主人公が源平に関係ないので、本文内では触《ふ》れる機会はありませんが。橘《たちばな》氏と藤原氏の軋轢はもっと前の時代になるのですが、藤原氏ほど長く栄華《えいが》の際にいたわけでもないのに、後々まで四姓《しせい》として名を残す橘氏の根性は凄《すご》いと思っています。

なんだか趣味《しゅみ》に走った話になってしまいました。

さて、今回もイラストを担当していただいた吉崎《よしざき》ヤスミさま、一巻に引き続き素敵《すてき》なイラストをありがとうございます。東宮や流《ながれ》の手と眼差《まなざ》しがなんとも悩《なや》ましく、雰囲気のあるイラストを描《えが》いていただけて嬉《うれ》しい限りです。

副題を思い悩んでいただいた担当女史も、いつもありがとうございます。

そして出版に関《かか》わってくださった皆《みな》さま、編集部の皆さまにも厚く御礼《おれい》申し上げます。

最後になりましたが、読者の皆さまには少しでもこの作品を楽しんでもらえれば幸いです。

それでは、またお会いできることを願って。

九江　桜

BEANS BUNKO

「恋がさね平安絵巻 誰ぞ手にする桃染めの花」の感想をお寄せください。
おたよりのあて先
〒102-8078 東京都千代田区富士見1-8-19
株式会社KADOKAWA 角川ビーンズ文庫編集部気付
「九江 桜」先生・「吉崎ヤスミ」先生
また、編集部へのご意見ご希望は、同じ住所で「ビーンズ文庫編集部」
までお寄せください。

恋《こい》がさね平安絵巻《へいあんえまき》 誰《だれ》ぞ手《て》にする桃染《ももぞ》めの花《はな》

九江《ここのえ》 桜《さくら》

角川ビーンズ文庫 BB122-5 21024

平成30年7月1日 初版発行

発行者――三坂泰二
発 行――株式会社KADOKAWA
〒102-8177 東京都千代田区富士見2-13-3
電話 0570-002-301（ナビダイヤル）
印刷所――旭印刷 製本所――BBC
装幀者――micro fish

本書の無断複製(コピー、スキャン、デジタル化等)並びに無断複製物の譲渡および配信は、著作権法上での例外を除き禁じられています。また、本書を代行業者などの第三者に依頼して複製する行為は、たとえ個人や家庭内での利用であっても一切認められておりません。
KADOKAWA カスタマーサポート
[電話] 0570-002-301（土日祝日を除く11時～17時）
[WEB] https://www.kadokawa.co.jp/（「お問い合わせ」へお進みください）
※製造不良品につきましては上記窓口にて承ります。
※記述・収録内容を超えるご質問にはお答えできない場合があります。
※サポートは日本国内に限らせていただきます。

ISBN978-4-04-106459-7 C0193 定価はカバーに表示してあります。

©Sakura Kokonoe 2018 Printed in Japan

第18回
角川ビーンズ小説大賞
カクヨムからも応募できます！
原稿募集中！
ここが「作家」の第一歩！
賞金
大賞100万円
優秀賞30万円
奨励賞20万円
読者賞10万円
締切
郵 送：2019年3月31日（当日消印有効）
WEB：2019年3月31日（23:59まで）
発表
2019年9月発表（予定）
応募の詳細は角川ビーンズ文庫公式HPで随時お知らせいたします。
https://beans.kadokawa.co.jp/
イラスト／たま